U0527921

余秋雨定稿合集

文化苦旅
千年一叹
行者无疆

中国文脉
君子之道
修行三阶
极品美学

老子通释
周易简释
佛典选释
文典一览
山川翰墨

借我一生
门孔
暮天归思
余之诗
冰河（小说及剧本）
空岛 · 信客（小说）

世界戏剧学
中国戏剧史
观众心理学
艺术创造学

北大授课
境外演讲
台湾论学

附集：语录和文辑
大美可追（余秋雨的文化美学）
内在的星空（余秋雨人文创想）

文典一览

余秋雨　著

MODERN TRANSLATION OF CHINESE LITERARY CLASSICS

北京联合出版公司
Beijing United Publishing Co.,Ltd.

余秋雨简介

中国当代著名文学家、美学家、史学家、探险家。

一九四六年八月生，浙江人。早在“文革”灾难时期，针对以“样板戏”为旗号的文化极端主义，勇敢地潜入外文书库建立了《世界戏剧学》的宏大构架。灾难方过，及时出版，至今三十余年仍是这一领域的权威教材。

二十世纪八十年代中期，因三度全院民意测验皆位列第一，被推举为上海戏剧学院院长，并出任上海市中文专业教授评审组组长，兼艺术专业教授评审组组长。曾任复旦大学美学博士答辩委员会主席、南京大学戏剧博士答辩委员会主席。获“国家级突出贡献专家”、“上海十大高教精英”、“中国最值得尊敬的文化人物”等荣誉称号。

在担任高校领导职务六年之后，连续二十三次的辞职终于成功，开始孤身一人寻访中华文明被埋没的重要遗址。所写作品，往往一发表就哄传社会各界，既激发了对“集体文化身份”的确认，又开创了“文化大散文”的一代文体。李光耀先生说：“二十世纪后期，海外华人重新对中华文化产生感动，主要是由于余秋雨先生的书。”

二十世纪末，冒着生命危险贴地穿越数万公里考察了巴比伦文明、克里特文明、希伯来文明、阿拉伯文明、印度文明、波斯文明等一系列重要的文化遗址。他是迄今全球唯一完成此举的人文学者，一路上对当代世界文明做出了全新思考和紧迫提醒，在海内外引起广泛关注，被国际媒体选为“跨世纪十大国际人物”之一。

他所写的大量书籍，长期位居全球华文书排行榜前列。在台湾，他囊括了白金作家奖、桂冠文学家奖、读书人最佳书奖等多个文学大奖。在大陆，获鲁迅文学奖、全国优秀教材一等奖、上海文学艺术大奖。前些年，上海市民海选“改革开放三十年影响最大的一本文学书”，结果是《文化苦旅》。多年来有不少报刊频频向全国不同年龄的读者调查“谁是你最喜爱的当代写作人”，他每一次都名列前茅。二〇一八年他在网上开播中国文化史博士课程，尽管内容浩大深厚，收听人次却超过了九千万。

几十年来，他自外于一切社会团体和各种会议，不理会传媒间的种种谣言讹诈，集中全部精力，以独立知识分子的身份完成了“空间意义上的中国”、“时间意义上的中国”、“人格意义上的中国”、“哲思意义上的中国”、“审美意义上的中国”等重大专题的研究，相关著作多达五十余部，其中包括《老子通释》、《周易简释》等艰深的基础工程。联合国教科文组织、北京大学等机构一再为他颁奖，表彰他“把深入研究、亲临考察、有效传播三方面合于一体”，是“文采、学问、哲思、演讲皆臻高位的当代巨匠”。

自二十一世纪初开始，赴美国国会图书馆、联合国总部、哈佛大学、耶鲁大学、哥伦比亚大学等处演讲中国文化，反响巨大。二〇〇八年，上海市教育委员会颁授成立“余秋雨大师工作室”；二〇一二年，中国艺术研究院设立“秋雨书院”。

二〇一八年五月，“远见·天下文化事业群”赴上海颁授奖匾，铭文为“余秋雨——华文世界最具影响力的一支笔”。

现任上海图书馆理事长。（陈羽）

作者近影。二〇一九年十一月二十一日，马兰摄。

目录

自序

“文典一览”，是指以简捷、轻松的方式纵观中国古代文学经典。

对于古代文学经典，我历来反对两种做法：一是以故弄玄虚的考据来枯燥缠绕，使文学经典失去了亲切的美丽；二是以浅陋的兴奋来涂抹现代脂粉，使文学经典失去了岁月的高贵。

说到底，所有的背景考据、文句注释都只是手段，而不是目的。目的，应该是让文学经典在今天读者的心灵中复活。

它们为什么被称为“经典”？因为在多如牛毛的历代作品中，只有它们，具有千古不溃的诗魂。既然如此，那么，即使把它们译成现代语文或外国语文，也仍然能感染不同时空的人。

我曾一再谈到，不少学术水准很高的欧洲作家，用现代语文改写古典作品，既淬醒了古典，又提升了现代，获得文化复兴。我还亲眼看到，英国皇家莎士比亚剧团的男女演员穿着牛仔服表演莎士比亚经典作品而大获成功。正是基于这种认识，我决定用现代白话文来淬醒中国古代文学经典，试着做一番既激发原创活力，又守护历史张力的今译。

中国当代社会有一个普遍的误会，以为在文化等级上，文言文一定高于白话文。其实只需举出一例就能消除这个误会:《红楼梦》是用白话文写的，文化等级比所有的文言小说都高出太多太多。即便在《红楼梦》里，不少古体诗作固然写得不错，但与前前后后的白话叙事一比，立即相形见绌。

真正为白话文带来完整声誉的，是二十世纪初期五四新文化运动中的那批先行者。他们全都精熟古典文言，却为了中国文化的革新前途，与保守主义古典派激烈辩论并取得了胜利。而且，他们还亲自写下了一系列动人的白话小说、散文、诗歌，虽然还有点青涩，却展现了一个事实：白话文并不低于文言文，甚至有可能爆发出大大高于文言文的审美传导能力。

本书要翻译的文学经典，在古代语文上都达到了至高等级，就像天边巍峨的雪山。但雪山也会融化，五四新文化运动的先行者们用白话文承接了潺潺雪水。这种承接体现在这本书里，就是今译。

今译可以有各种版本。本书的今译，是要探寻古今文词差异背后所蕴藏的永恒美学素质。因此，必须要求译出来的白话文也能成为美文。我所说的美文，不是美在辞藻色彩上，而是要在语感、节奏、气韵上见功夫。而且，自己长久的学术背景，又要求译出来的美文在风姿绰约间恪守严谨的文化学理。让我愉快的是，本书的初版问世后，同时获得诸多古文学家和朗诵专家的好评。

本书延承《老子通释》、《周易简释》的路子，以不小的篇幅呈现了经典作品的书法文本，仍然全部出自我本人的手笔，而且各款之间风貌殊异。这样做的目的，是为了让当代年轻人由此“一览”中国古代文辞的基本生存方式。

一代代文人日日夜夜以笔蘸墨，一字字，一行行，一页页地书写着这些经典作品，写得恭敬、缓慢、用心、用力，每一笔都是文化朝拜。祖辈写过，父辈再写，儿孙辈还要写下去。同样的文本，连接着传代的辛劳，这就是中华文明存续的步伐。我以自己的笔墨，加入了这一步伐。不知以后的年轻人，会以什么样的步姿走下去。

中国古代文学经典很多，本书选了《离骚》、《诗经》、庄子、司马迁、陶渊明、韩愈、柳宗元、欧阳修、苏轼的一些代表作。为什么选了这些篇目作为"一览"的对象？此间理由，关及一系列文化大思维，可以参见我的《中国文化课》、《中国文脉》等著作。本书对有些篇目做了简要说明，又在一些篇目后面附录了我在其他著作中的相关论述，供读者参考。

按照时间顺序，屈原的《离骚》应在《诗经》和庄子之后，但本书却把《离骚》列为首篇。理由是，这是我最早今译的作品，译文在社会上已广为流传，一些优秀的朗诵专家都朗诵过。

文学理论经典《文心雕龙》，也属于"文典"的范畴。我阐释了其中最重要的篇章，并对里边特别具有代表性的段落做了今译。这样，这本书就会显得更完整一些。

对于唐诗、宋词，本书选了必读篇目，附录了相关的解释，却没做今译。原因不言自明，那就是：唐诗、宋词中的最佳作品清透明彻，直达感性，贯通古今，早已成了广大中国人心中最普及的文化元件，既不必今译，也无法今译。我只是在书法附集中恭敬地选书了自己最上心的几首，以表沉醉之情。

本书不包括篇幅很长的剧本和小说，因为它们中的优秀作品，文句大多依托白话，无须今译，因此就拱手让过了。

二〇二一年三月八日于秋雨书院上海分院

《离骚》今译

我是谁?

来自何方?

为何流浪?

我是古代君王高阳氏的后裔，父亲的名字叫伯庸。我出生在寅年寅月庚寅那一天，父亲一看日子很正，就给我取了个好名叫正则，又加了一个字叫灵均。我既然拥有先天的美质，那就要重视后天的修养。于是我披挂了江蓠和香芷，又把秋兰佩结在身上。

天天就像赶不及，唯恐年岁太匆促。早晨到山坡摘取木兰，傍晚到洲渚采撷宿莽。日月匆匆留不住，春去秋来不停步。我只见草木凋零，我只怕美人迟暮。何不趁着盛年远离污浊，何不改一改眼下的法度?那就骑上骏马驰骋吧，我愿率先开路。

古代三王德行纯粹，众多贤良聚集周旁：申椒和菌桂交错杂陈，蕙草和香芷联结成行。遥想尧舜耿介坦荡，选定正道一路顺畅；相反桀纣步履困窘，想走捷径而陷于猖狂。现在那些党人苟且偷安，走的道路幽昧而荒唐。我并不是害怕自身遭殃，而只是恐惧国家败亡。我忙忙碌碌奔走先后，希望君王能效法先王。但是君王不体察我的一片真情，反而听信谗言而怒发殿堂。我当然知道忠直为患，但即便隐忍也心中难放。我指九天为证，这一切都是为了你，我的君王！

说好了黄昏时分见面，却为何半道改变路程？[1]既然已经与我约定，却为何反悔而有了别心？我并不难以与你离别，只伤心你数次变更。

我已经栽植了九畹兰花，百亩蕙草。还种下了几垄留夷和揭车，杜衡和芳芷。只盼它们枝叶峻茂，到时候我来收摘。万一萎谢了也不要紧，怕只怕整个芳苑全然变质，让我哀伤。

众人为什么争夺得如此贪婪，永不满足总在索取。又喜欢用自己的标尺衡量别人，凭空生出那么多嫉妒。看四周大家都在奔跑追逐，这绝非我心中所需。我唯恐渐渐老之将至，来不及修名立身就把此生虚度。

早晨喝几口木兰的清露，晚上吃一把秋菊的残朵。只要内心美好坚定，即便是面黄肌瘦也不觉其苦。我拿着木根系上白芷，再把薜荔花蕊穿在一起，又将蕙草缠上菌桂，搓成

[1] 这两句的原文，宋代洪兴祖在《楚辞补注》中认为是衍文。

一条长长的绳索。我要追寻古贤，绝不服从世俗。虽不能见容于今人，也要走古代贤者彭咸遗留的道路。

我擦着眼泪长叹，哀伤人生多艰。我虽然喜好修饰，也知道严于检点。但早晨刚刚进谏，傍晚就丢了官位。既责备我佩戴蕙草，又怪罪我手持茝兰。然而，只要我内心喜欢，哪怕九死也不会后悔。

只抱怨君王无思无虑，总不能理解别人心绪。众女嫉妒我的美色，便造谣说我淫荡无度。时俗历来投机取巧，背弃规矩进退失据。颠倒是非追慕邪曲，争把阿谀当作制度。我抑郁烦闷心神不定，一再自问为何独独困于此时此处。我宁肯溘死而远离，也不忍作态如许。

鹰雀不能合群，自古就是殊途。方圆岂可重叠，相安怎能异路？屈心而抑志，只能忍耻而含辱。保持清白而死于直道，本为前代圣贤厚嘱。

我后悔没有看清道路，伫立良久决定回去。掉转车舆回到原路吧，赶快走出这短短的迷途。且让我的马在兰皋漫步，再到椒丘暂时驻足。既然进身不得反而获咎，那就不如退将下来，换上以前的衣服。

把荷叶制成上衣，把芙蓉集成下裳。无人赏识就由它去，只要我内心依然芬芳。高高的帽子耸在头顶，长长的佩带束在身上，芳香和汗渍交糅在一起，清白的品质毫无损伤。

忽然回头远远眺望，我将去游观浩茫四荒。佩戴着缤纷的装饰，散发出阵阵清香。人世间各有所乐，我独爱修饰已经习以为常。即使是粉身碎骨，岂能因惩戒而惊慌。

大姐着急地反复劝诫：“大禹的父亲鲧过于刚直而死于羽山之野，你如此博学又有修养，为何也要坚持得如此孤傲？人人身边都长满了野草，你为何偏偏洁身自好？民众不可能听你的解释，有谁能体察你的情操？世人都在勾勾搭搭，你为何独独不听劝告？”

听完大姐的劝诫，我心烦闷，须向先圣求公正。渡过了沅湘再向南，我要找舜帝陈述一番。

我说，大禹的后代夏启得到了乐曲《九辩》、《九歌》，只知自纵自娱，不顾危难之局，终因儿子作乱而颠覆。后羿游玩过度，沉溺打猎，爱射大狐。淫乱之徒难有善终，那个寒浞就占了他的妻女。至于寒浞的儿子浇，强武好斗不加节制，终日欢娱，结果身首异处。夏桀一再违逆常理，怎能不与大祸遭遇。纣王行施酷刑，殷代因此难以长续。

相比之下，商汤、夏禹则虔恭有加。周朝的君王谨守大道，推举贤达，遵守规则，很少误差。皇天无私，看谁有德就帮助他。是啊，只有拥有圣哲的德行，才能拥有完整的天下。

瞻前而顾后，观人而察本，试问：谁能不义而可用？谁能不善而可行？我虽然面对危死，反省初心仍无一处悔恨。不愿为了别人的斧孔，来削凿自己的木柄，一个个前贤都为之牺牲。我嘘唏心中郁悒，哀叹生不逢辰，拿起柔软的蕙草来擦拭眼泪，那泪水早已打湿衣襟。

终于，我把衣衫铺在地上屈膝跪告：我已明白该走的正道，那就是驾龙乘风，飞上九霄。

清晨从苍梧出发，傍晚就到了昆仑。我想在这神山上稍稍停留，抬头一看已经暮色苍茫。太阳啊你慢点儿走，不要那么急迫地落向西边的崦嵫山。前面的路又长又远，我将上下而求索。

我在咸池饮马，又从神木扶桑上折下枝条，遮一遮刺目的光照，以便在天国逍遥。我要让月神作为先驱，让风神跟在后面，然后再去动员神鸟。我令凤凰日夜飞腾，我令云霓一路侍从，整个队伍分分合合，上上下下一片热闹。

终于到了天门，我请天帝的守卫把天门打开，但是，他却倚在门边冷眼相瞧。太阳已经落山，我扭结着幽兰等得苦恼。你看世事多么混浊，总让嫉妒把好事毁掉。

第二天黎明，渡过神河白水，登上高丘阆风。拴好马匹眺望，不禁涕泪滂滂：高丘上，没有看见女人。

我急忙从春宫折下一束琼枝佩戴在身，趁鲜花还未凋落，看能赠予哪一位佳人。我叫云师快快飞动，去寻访古帝伏羲的宓妃洛神。我解下佩带寄托心意，让臣子蹇修当个媒人。谁知事情离合不定，宓妃古怪地摇头拒人。说是晚上要到穷石居住，早晨要到洧盘濯发。仗着相貌如此乖张，整日游逛不懂礼节，我便转过头去另做寻访。

四极八方观察遍，我周游一圈下九霄。巍峨的瑶台在眼前，美女有娀氏已见着。我让鸩鸟去说媒，情况似乎并不好。鸣飞的雄鸠也可去，但又嫌它太轻佻。犹豫是否亲自去，又怕违礼被嘲笑。找到凤凰送聘礼，但晚了，古帝高辛已先到。

想去远方无处落脚，那就随意游荡逍遥。心中还有夏朝那家，两位姑娘都是姓姚。可惜媒人全都太笨，事情还是很不可靠。

人世混浊嫉贤妒才，大家习惯蔽美扬恶，结果谁也找不到美好。历代佳人虚无缥缈，贤明君主睡梦颠倒。我的情怀向谁倾诉？我又怎么忍耐到生命的终了？

拿着芳草竹片，请巫师灵氛为我占卜。

占问："美美必合，谁不慕之？九州之大，难道只有这里才有佳人？"

卜答："赶紧远逝，别再狐疑。天下何处无芳草，何必总是怀故土？"

是啊，世间昏暗又混乱，谁能真正了解我？人人好恶各不同，此间党人更异样：他们把艾草塞满腰间，却宣称不能把幽兰佩在身上；他们连草木的优劣也分不清，怎么能把美玉欣赏；他们把粪土填满了私囊，却嘲笑申椒没有芳香。

想要听从占卜，却又犹豫不定。正好巫咸要在夜间降临，我揣着花椒精米前去拜问。百神全都来了，几乎挤满天庭。九嶷山的诸神也纷纷出迎，光芒闪耀显现威灵。

巫咸一见我，便告诉我很多有关吉利的事情。他说："勉力上下求索，寻找同道之人。连汤、禹也曾虔诚寻找，这才找到伊尹、皋陶来协调善政。只要内心真有修为，又何必去用媒人？传说奴隶傅岩筑墙，商王武丁充分信任；吕望曾经当街操刀，周文王却把他大大提升；宁戚叩击牛角讴歌，齐桓公请来让他辅政。该庆幸的是年岁还轻，时光未老。怕只怕杜鹃过早鸣叫，使百花应声而凋。"

为什么琼佩如此出色，人们却要掩盖美好。唯恐小人不讲诚信，因嫉妒而把它毁掉。时势缤纷多变，何必在此消耗。兰芷变而不芳，使荃蕙化而为茅。

是啊，为什么往日的芳草，如今都变成了萧艾？难道还有别的什么理由？实在只因为它们缺少修养。我原以为兰花可靠，原来也是空有外相。委弃美质沉沦世俗，只能勉强列于众芳。申椒变得谄媚嚣张，椴草自行填满香囊。一心只想往上钻营，怎么还能固守其香？既然时俗都已同流，又有谁能坚贞恒常？既然申兰也都如此，何况揭车、江蓠之辈，不知会变成什么模样。

独可珍贵我的玉佩，虽被遗弃历尽沧桑，美好品质毫无损亏，至今依然散发馨香。那就让我像玉佩那样协调自乐吧，从容游走，继续寻访。趁我的服饰还比较壮观，正可以上天下地、行之无疆。

灵氛告诉我已获吉占，选个好日子我可以启程远方。

折下琼枝做佳肴，碾细玉屑做干粮。请为我驾上飞龙，用象牙、美玉装饰车辆。离心之群怎能同在，远逝便是自我流放。向着昆仑前进吧，长路漫漫正好万里爽朗。云霓的旗帜遮住了天际，玉铃的声音叮叮当当。早晨从天河的渡口出发，晚上就到达西天极乡。凤凰展翅如举云旗，雄姿翩翩在高空翱翔。

终于我进入了流沙地带，沿着赤水一步步徜徉。指挥蛟龙架好桥梁，又命西皇援手相帮。前途遥远而又艰险，我让众车侍候一旁。经过不周山再向左转，一指那西海便是方向。

集合起我的千乘车马，排齐了玉轮一起鸣响。驾车的八龙蜿蜒而行，长长的云旗随风飞扬。定下心来我按辔慢行，心神却是渺渺茫茫。那就奏起《九歌》、舞起《韶》乐吧，借此佳日尽情欢畅。

升上高天一片辉煌，忽然回首看到了故乡。我的车夫满脸悲戚，连我的马匹也在哀伤，低头屈身停步彷徨。

唉，算了吧。既然国中无人知我，我又何必怀恋故乡？既然不能实行美政，我将奔向彭咸所在的地方。

《离骚》原文

屈原

帝高阳之苗裔兮，朕皇考曰伯庸。摄提贞于孟陬兮，惟庚寅吾以降。皇览揆余初度兮，肇锡余以嘉名。名余曰正则兮，字余曰灵均。纷吾既有此内美兮，又重之以修能。扈江离与辟芷兮，纫秋兰以为佩。

汩余若将不及兮，恐年岁之不吾与。朝搴阰之木兰兮，夕揽洲之宿莽。日月忽其不淹兮，春与秋其代序。惟草木之零落兮，恐美人之迟暮。不抚壮而弃秽兮，何不改此度？乘骐骥以驰骋兮，来吾道夫先路！

昔三后之纯粹兮，固众芳之所在。杂申椒与菌桂兮，岂维纫夫蕙茝！彼尧舜之耿介兮，既遵道而得路。何桀纣之猖披兮，夫唯捷径以窘步。惟夫党人之偷乐兮，路幽昧以险隘。岂余身之惮殃兮，恐皇舆之败绩！忽奔走以先后兮，及前王之踵武。荃不察余之中情兮，反信谗而齌怒。余固知謇謇之为患兮，忍而不能舍也。指九天以为正兮，夫唯灵修之故也。

曰黄昏以为期兮，羌中道而改路！初既与余成言兮，后悔遁而有他。余既不难夫离别兮，伤灵修之数化。

余既滋兰之九畹兮，又树蕙之百亩。畦留夷与揭车兮，杂杜衡与芳芷。冀枝叶之峻茂兮，愿竢时乎吾将刈。虽萎绝其亦何伤兮，哀众芳之芜秽。众皆竞进以贪婪兮，凭不厌乎求索。羌内恕己以量人兮，各兴心而嫉妒。忽驰骛以追逐兮，非余心之所急。老冉冉其将至兮，恐修名之不立。

朝饮木兰之坠露兮，夕餐秋菊之落英。苟余情其信姱以练要兮，长颇颔亦何伤。掔木根以结茝兮，贯薜荔之落蕊。矫菌桂以纫蕙兮，索胡绳之纚纚。謇吾法夫前修兮，非世俗之所服。

虽不周于今之人兮，愿依彭咸之遗则。

长太息以掩涕兮，哀民生之多艰。余虽好修姱以鞿羁兮，謇朝谇而夕替。既替余以蕙纕兮，又申之以揽茝。亦余心之所善兮，虽九死其犹未悔。

怨灵修之浩荡兮，终不察夫民心。众女嫉余之蛾眉兮，谣诼谓余以善淫。固时俗之工巧兮，偭规矩而改错。背绳墨以追曲兮，竞周容以为度。忳郁邑余侘傺兮，吾独穷困乎此时也。宁溘死以流亡兮，余不忍为此态也。

鸷鸟之不群兮，自前世而固然。何方圜之能周兮，夫孰异道而相安？屈心而抑志兮，忍尤而攘诟。伏清白以死直兮，固前圣之所厚。

悔相道之不察兮，延伫乎吾将反。回朕车以复路兮，及行迷之未远。步余马于兰皋兮，驰椒丘且焉止息。进不入以离尤兮，退将复修吾初服。

制芰荷以为衣兮，集芙蓉以为裳。不吾知其亦已兮，苟余情其信芳。高余冠之岌岌兮，长余佩之陆离。芳与泽其杂糅兮，唯昭质其犹未亏。忽反顾以游目兮，将往观乎四荒。佩缤纷其繁饰兮，芳菲菲其弥章。民生各有所乐兮，余独好修以为常。虽体解吾犹未变兮，岂余心之可惩。

女媭之婵媛兮，申申其詈予，曰鲧婞直以亡身兮，终然殀乎羽之野。汝何博謇而好修兮，纷独有此姱节？薋菉葹以盈室兮，判独离而不服。众不可户说兮，孰云察余之中情？世并举而好朋兮，夫何茕独而不予听？”

依前圣以节中兮，喟凭心而历兹。济沅湘以南征兮，就重华而陈词。

启《九辩》与《九歌》兮，夏康娱以自纵。不顾难以图后兮，五子用失乎家巷。羿淫游以佚畋兮，又好射夫封狐。固乱流其鲜终兮，浞又贪夫厥家。浇身被服强圉兮，纵欲而不忍。日康娱而自忘兮，厥首用夫颠陨。夏桀之常违兮，乃遂焉而逢殃。后辛之菹醢兮，殷宗用而不长。

汤、禹俨而祗敬兮，周论道而莫差。举贤而授能兮，循绳墨而不颇。皇天无私阿兮，览民德焉错辅。夫维圣哲以茂行兮，苟得用此下土。

瞻前而顾后兮，相观民之计极。夫孰非义而可用兮？孰非善而可服？阽余身而危死兮，览余初其犹未悔。不量凿而正枘兮，固前修以菹醢。曾歔欷余郁邑兮，哀朕时之不当。揽茹蕙以掩涕兮，沾余襟之浪浪。

跪敷衽以陈辞兮，耿吾既得此中正。驷玉虬以乘鹥兮，溘埃风余上征。

朝发轫于苍梧兮，夕余至乎县圃。欲少留此灵琐兮，日忽忽其将暮。吾令羲和弭节兮，望崦嵫而勿迫。路曼曼其修远兮，吾将上下而求索。饮余马于咸池兮，总余辔乎扶桑。折若木以拂日兮，聊逍遥以相羊。前望舒使先驱兮，后飞廉使奔属。鸾皇为余先戒兮，雷师告余以未具。吾令凤鸟飞腾兮，继之以日夜。飘风屯其相离兮，帅云霓而来御。纷总总其离合兮，斑陆离其上下。

吾令帝阍开关兮，倚阊阖而望予。时暧暧其将罢兮，结幽兰而延伫。世溷浊而不分兮，好蔽美而嫉妒。

朝吾将济于白水兮，登阆风而绁马。忽反顾以流涕兮，哀高丘之无女。

溘吾游此春宫兮，折琼枝以继佩。及荣华之未落兮，相下女之可诒。吾令丰隆乘云兮，求宓妃之所在。解佩纕以结言兮，吾令蹇修以为理。纷总总其离合兮，忽纬繣其难迁。

夕归次于穷石兮，朝濯发乎洧盘。保厥美以骄傲兮，日康娱以淫游。虽信美而无礼兮，来违弃而改求。

览相观于四极兮，周流乎天余乃下。望瑶台之偃蹇兮，见有娀之佚女。吾令鸩为媒兮，鸩告余以不好。雄鸠之鸣逝兮，余犹恶其佻巧。心犹豫而狐疑兮，欲自适而不可。凤皇既受诒兮，恐高辛之先我。

欲远集而无所止兮，聊浮游以逍遥。及少康之未家兮，留有虞之二姚。理弱而媒拙兮，恐导言之不固。

世溷浊而嫉贤兮，好蔽美而称恶。闺中既以邃远兮，哲王又不寤。怀朕情而不发兮，余焉能忍与此终古？

索藑茅以筳篿兮，命灵氛为余占之。

曰："两美其必合兮，孰信修而慕之？思九州之博大兮，岂唯是其有女？"

曰："勉远逝而无狐疑兮，孰求美而释女？何所独无芳草兮，尔何怀乎故宇？"

世幽昧以昡曜兮，孰云察余之善恶？民好恶其不同兮，惟此党人其独异！户服艾以盈要兮，谓幽兰其不可佩。览察草木其犹未得兮，岂珵美之能当？苏粪壤以充帏兮，谓申椒其不芳。

欲从灵氛之吉占兮，心犹豫而狐疑。巫咸将夕降兮，怀椒糈而要之。百神翳其备降兮，九疑缤其并迎。

皇剡剡其扬灵兮，告余以吉故。曰："勉升降以上下兮，求矩矱之所同。汤、禹严而求合兮，挚、咎繇而能调。苟中情其好修兮，又何必用夫行媒？说操筑于傅岩兮，武丁用而不疑。吕望之鼓刀兮，遭周文而得举。宁戚之讴歌兮，齐桓闻以该辅。及年岁之未晏兮，时亦犹其未央。恐鹈鴂之先鸣兮，使夫百草为之不芳。"

何琼佩之偃蹇兮，众薆然而蔽之。惟此党人之不谅兮，恐嫉妒而折之。时缤纷其变易兮，又何可以淹留。兰芷变而不芳兮，荃蕙化而为茅。

何昔日之草兮，今直为此萧艾也？岂其有他故兮，莫好修之害也。余以兰为可恃兮，羌无实而容长。委厥美以从俗兮，苟得列乎众芳。椒专佞以慢慆兮，榝又欲充夫佩帏。既干进而务入兮，又何芳之能祗？固时俗之流从兮，又孰能无变化？览椒兰其若兹兮，又况揭车与江离？

惟兹佩之可贵兮，委厥美而历兹。芳菲菲而难亏兮，芬至今犹未沬。和调度以自娱兮，聊浮游而求女。及余饰之方壮兮，周流观乎上下。

灵氛既告余以吉占兮，历吉日乎吾将行。

折琼枝以为羞兮，精琼爢以为粻。为余驾飞龙兮，杂瑶象以为车。

何离心之可同兮，吾将远逝以自疏。邅吾道夫昆仑兮，路修远以周流。扬云霓之晻蔼兮，鸣玉鸾之啾啾。朝发轫于天津兮，夕余至乎西极。凤皇翼其承旂兮，高翱翔之翼翼。

忽吾行此流沙兮，遵赤水而容与。麾蛟龙使梁津兮，诏西皇使涉予。路修远以多艰兮，腾众车使径侍。路不周以左转兮，指西海以为期。

屯余车其千乘兮，齐玉轪而并驰。驾八龙之婉婉兮，载云旗之委蛇。抑志而弭节兮，神高驰之邈邈。奏《九歌》而舞《韶》兮，聊假日以媮乐。

陟升皇之赫戏兮，忽临睨夫旧乡。仆夫悲余马怀兮，蜷局顾而不行。

乱曰：已矣哉！国无人莫我知兮，又何怀乎故都？既莫足与为美政兮，吾将从彭咸之所居。

附论：第一诗人

一

我们的祖先远比我们更亲近诗。

这并不是指李白、杜甫的时代，而是还要早得多。至少，诸子百家在黄河流域奔忙的时候，就已经一路被诗歌所笼罩。

他们不管是坐牛车、马车，还是步行，心中经常会回荡起“诗三百篇”，也就是《诗经》中的那些句子。这不是出于他们对于诗歌的特殊爱好，而是出于当时整个上层社会的普遍风尚。而且，这个风尚已经延续了很久很久。

由此可知，我们远祖的精神起点很高。在极低的生产力还没有来得及一一推进的时候，就已经“以诗为经”了。这真是了不起的事，试想，当我们在几千年之后，不是越来越渴望哪一天能够由物质追求而走向诗意居息，重新进入“以诗为经”的境界吗？

那么，“以诗为经”，既是我们的起点，又是我们的目标。“诗经”这两个字，实在可以提挈中国文化的首尾了。

当时流传的诗，应该比《诗经》所收的数量多得多。

司马迁在《史记》中说，是孔子把三千余篇古诗删成三百余篇的。这好像说得不大对，因为《论语》频频谈及诗三百篇，却从未提到删诗的事，孔子的学生和同时代人也没有提过，直到三百多年后才出现这样的记述，总觉得有点儿奇怪。而且，有资料表明，在孔子还是一个孩子的时候，《诗经》的格局已成。成年后的孔子可能订正和编排过其中的音乐，使之更接近原貌。

但是，无论是谁选的，也无论是三千选三百，还是三万选三百，《诗经》的选择基数很大，则是毋庸置疑的。

我一直把《诗经》作为中国文脉的美丽开端，而且在日常生活中从来也没有因为年代而掩盖我由衷的喜欢。我喜欢它的雎鸠黄鸟、蒹葭白露，喜欢它的习习谷风、霏霏雨雪，喜欢它的静女其姝、伊人在水……而更喜欢的，则是它用最干净的汉语短句，表达出了最典雅的喜怒哀乐。

这些诗句中，蕴藏着民风、民情、民怨，包含着礼仪、道德、历史，几乎构成了一部内容丰富的社会教育课本。这部课本竟然那么美丽而悦耳，很自然地呼唤出了一种普遍而悠久的吟诵。吟于天南，吟于海北；诵于百年，诵于千年。于是，也熔铸进了民族的集体人格，成为中国文脉的奠基。

中国文脉的奠基，分“天、地”二仪。天上的奠基，就是前面说过的那些神话；地上的奠基，就是《诗经》。

《诗经》是什么人创作的？应该是散落在黄河流域各阶层的庞大群体。这些作品，不管是各地进献的乐歌，还是朝廷采集的民谣，都会被一次次加工整理，因此也就成了一种集体创作，很难找到个体诗人。

这是一种悠久的合唱，辽阔的共鸣。这里呈现出一个个被刻画的形象，却不容易发现刻画者的面影。

结束这个局面的，是一位来自长江流域的男人。

二

屈原，一出生就没有踩踏在《诗经》的土地上。

中华民族早期在地理环境上的进退和较量，可以简化为黄河文明和长江文明。两条大河，无疑是中华农耕文明的两条主动脉，但在很长的历史中，黄河文明的文章要多得多。

无论是那个以黄帝、炎帝为主角并衍生出夏、商、周的华夏集团，还是那个出现了太皞、少皞、蚩尤、后羿、伯益、皋陶的东夷集团，基本上都活动在黄河流域。由此断言黄河是中华民族的母亲河，一点儿不错。

长江流域活跃过以伏羲、女娲为代表的苗蛮集团，但在文明的实力上，都无法与华夏集团相抗衡，最终确实也被战胜了。我们在史籍上见到尧如何制伏南蛮、舜如何更易南方风俗、禹如何完成最后的征战等等，都说明了黄河文明以强势统治长江文明的过程。

但是，黄河文明的这种强势统治，不足以消解长江文明。因为任何文明的底层，都与地理环境、气候生态、千古风习有关，伟大如尧、舜、禹也未必更易得了。幸好是这样，中华文明才没有在征服和被征服的战火中，走向单调。

自古沉浸在神秘奇谲的漫漫巫风中，长江文明不习惯过于明晰的政论和哲思。它的第一个代表人物不是霸主，不是名将，不是圣贤，而是诗人。这好像很奇怪，却是一种必然。

这位诗人不仅出生在长江边，而且出生在万里长江最险峻、最神奇、最玄秘、最具有概括力的三峡，更有一种象征意义。

如果说，《诗经》曾经把民间生态化作和声，慰藉了黄河流域的人伦和世情，那么，屈原的使命就完全不同了。他只是个人，没有和声。他一意孤行，拒绝慰藉。他心在九天，不在世情……

他有太多太多的不一样，而每一个不一样又都与他身边的江流、脚下的土地有关。

请想一想长江三峡吧，那儿与黄河流域的差别实在太大了。那儿山险路窄，交通不便，很难构成庞大的集体行动和统一话语。那儿树茂藤密、物产丰裕，任何角落都能满足一个人的生存需要，因此也就有可能让他独晤山水、静对心灵。那儿云谲波诡、似仙似幻，很有可能引发神话般的奇思妙想。那里花开花落、物物有神，很难不让人顾影自怜、借景骋怀、感物伤情。那里江流湍急、惊涛拍岸，又容易启示人们在柔顺的外表下志在千里、百折不回。

相比之下，雄浑、苍茫的黄河流域就没有那么多奇丽，那么多掩荫，那么多自足，那么多个性。因此，从黄河到长江，《诗经》式的平原小合唱也就变成了屈原式的悬崖独吟曲。

如果说，《诗经》首次告诉我们，什么叫诗，那么，屈原则首次告诉我们，什么叫诗人。

于是，我们看到屈原走来了，戴着花冠，佩着长剑，穿着奇特的服装，挂着精致的玉佩，脸色高贵而憔悴，目光迷惘而悠远。这么一个模样出现在诸子百家风尘奔波的黄河流域是不可想象的，但是请注意，这恰恰是中国历史上第一个以个体形象出现的伟大诗人。《诗经》把诗写在万家炊烟间，屈原把诗写在自己的身心上。

其实屈原在从政游历的时候也到过黄河流域，甚至还去了百家汇聚的稷下学宫（据我考证，可能是公元前三一一年），那当然不是这副打扮。他当时的身份，是楚国的官吏和文化学者，从目光到姿态都是理性化、群体化、政治化的。稷下学宫里见到他的各家学人，也许会觉得这位远道而来的参访者风度翩翩，举手投足十分讲究，却不知道这是长江文明的最重要代表，而且迟早还要以他们无法预料的方式，把更大的范围也代表了，包括他们在内。

代表的资格无可争议，因为即使楚国可以争议，长江可以争议，政见可以争议，学派可以争议，而诗，无可争议。

三

我一直觉得，中国很多文学史家都从根子上把屈原的事情想岔了。

大家都在惋叹他的仕途不得志，可惜他在政坛上被排挤，抱怨楚国统治者对他的冷落。这些文学史家忘了一个最基本的问题：如果他在朝廷一直得志，深受君主重用，没有受到排挤，世界上还会有一个值得代代中国人每年都纪念的屈原吗？

中国文化人总喜欢以政治来框范文化，让文化成为政治的衍生。他们不知道：一个吟者因冠冕而喑哑了歌声，才是真正值得惋叹的；一个诗人因功名而丢失了诗情，才是真正让人可惜的；一个天才因政务而陷入平庸，才是真正需要抱怨的。而如果连文学史也失去了文学坐标，那就需要把惋叹、可惜、抱怨加在一起了。

直到今天，很多文学史论著作还喜欢把屈原说成是“爱国诗人”。这也就是把一个政治概念放到了文学定位前面。“爱国”？屈原站在当时楚国的立场上反对秦国，当然合情合理，但是这里所谓的“国”并不是一般意义上的“国家”。在后世看来，当时真正与“国家”贴得比较近的，反倒是秦国，因为正是它将六国统一，产生严格意义上的国家观念，形成梁启超所说的“中国之中国”。我们怎么可以把中国在统一过程中遇到的对峙性诉求，反而说成是“爱国”呢？

有人也许会辩解，这只是反映了楚国当时当地的观念。但是，把屈原说成是“爱国”的是现代人。现代人怎么可以不知道，作为诗人的屈原早已不是当时当地的了。把速朽性因素和永恒性因素搓捏成一团，把局部性因素和普遍性因素硬扯在一起，而且总是把速朽性、局部性的因素抬得更高，这就是很多文化研究者的误区。

寻常老百姓比他们好得多，每年端午节为了纪念屈原包粽子、划龙舟的时候，完全不分地域。不管是当时被楚国侵略过的地方，还是把楚国灭亡的地方，都在纪念。当年的“国界”，早就被诗句打通，根本不存在政治爱恨了。那粽子，那龙舟，是献给诗人的。中国民众再慷慨，也不会把两千多年的虔诚，送给另一种人。

老百姓比文化人更懂得：文化无界，文化无价。

文化，切莫自卑。

在诸多同类著作中，我比较同意章培恒、骆玉明主编的那一部《中国文学史》对屈原的分析。书中指出，屈原有美好的政治主张，曾经受到楚怀王的高度信任，但由于贵族出身又少年得志，参加政治活动时表现出理想化、情感化和自信的特点，缺少周旋能力，难以与环境协调。这一切，在造成人生悲剧的同时也造就了优秀文学。

不错，正是政治上的障碍，指引了文学的通道。讲屈原，落脚点应该是文学。

我的说法可能会更彻底一点。那个时代，中国终于走到了应该有个性文学的高点上，因此有一种神秘的力量派出一个叫屈原的人去领受各种心理磨炼。让他切身体验一系列矛盾和分裂、信任和被诬、高贵和失群、天国和大地、神游和无助、去国和思念、等待和无奈、自爱和自灭等等，然后再以自己的生命把这些悖论冶炼为美，并向世间呈示出一个最高坐标，什么是第一等级的诗，什么是第一等级的诗人。

简单说来，这是一种通向辉煌的必要程序。

抽去任何一级台阶，就无法抵达目标，不管那些台阶对攀缘者造成了多大的劳累和痛苦。即便是小人诽谤、同僚侧目、世人怀疑，也不可缺少。

甚至，对他自沉汨罗江，也不必投以过多的政治化理解和市井式悲哀。郭沫若认为，屈原是看到秦国军队攻破楚国首都郢，才悲愤自杀的，是“殉国难”。我觉得这恐怕与实际情况有一点出入。屈原自沉是在郢都攻破之前好几年，时间不太对。还有一些人认为是楚国朝廷中那些奸臣贼子不想让屈原活着，把他逼死的。但是既然说成了谋杀案件，那就要提供证据。

我认为，他做出自沉的选择，当然有对现实的悲愤，但也有对生命的感悟、对自然的皈服。在弥漫着巫风神话传统的山水间，投江是一种凄美的祭祀仪式。他投江后，民众把原来祭祀东君的日子转移到他的名下。前面说过的包粽子、划龙舟这样的活动，正是祭祀仪式的一部分。

说实话，我实在想不出屈原还有哪一种更诗意的方式来结束生命。

世界上的其他文明，要到近代才有不少第一流的诗人哲学家做出这样的选择。海德格尔在解释这种现象时说，一个人对于自己生命的形成、处境、病衰都是无法控制的，唯一能控制的，就是如何结束生命。

我在北欧旅行时，知道那里每年有不少孤居寒林别墅中的高雅人士选择自杀。我看着短暂的白天留给苍原的灿烂黄昏，一次次联想到屈原。可惜那儿太寂寞，百里难见人迹，无法奢望长江流域湖湘地区初夏时节那勃郁四野的米香和水声。

这种想法是不是超越了时代？美国诗人惠特曼说：所谓诗人，就是那种把过去、现在和将来融为一体的人。当然，惠特曼所说的，是少数真正的伟大诗人。

因此，屈原身上本来就包含着今天和明天。

四

自屈原开始，中国文人的内心基调中，有了更多的个人话语。虽然其中也关及朝廷和君主，但全部话语的起点和结局却都是自己。凭自己的心，说自己的话，说给自己听。被别人听到，并非本愿，因此也不可能与别人有丝毫争辩。

这种自我，非常强大又非常脆弱。强大到天地皆是自己，任凭纵横驰骋；脆弱到风露也成敌人，害怕时序更替。

这样的自我一站立，中国文化不再是以前的中国文化。

帝王权谋可以伤害他，却不能控制他；儒家道家可以滋养他，却不能拯救他。一个多愁善感的孤独生命发出的声音似乎无力改易国计民生，却让每一个听到的人都会低头思考自己的生命。

因此，他仍然孤独却又不再孤独，他因唤醒了人们长久被共同话语掩埋的心灵秘窟而产生了强大的震撼效应。他让很多中国人把人生的疆场搬移到内心，渐渐领悟那里才有真正的诗和文学。因此，他也就从文化的边缘走到了中心。

从屈原开始，中国文人的被嫉受诬，将成为一个纵贯两千多年的主题。而且，所有的高贵和美好，也都将从这个主题中产生。

屈原为什么希望太阳不要过于急迫地西沉于崦嵫山？为什么担忧杜鹃啼鸣？为什么宣告要上下而求索？为什么发誓虽九死而无悔？因为一旦被嫉受诬，生命的时间和通道都被剥夺，他要竭尽最后一点力量来争取。屈原的这个精神程序，已被此后的中国文化史千万次地重复，尽管往往重复得很不精彩。

从屈原开始，中国文学摆开了两重意象的近距离对垒。一边是嫉妒、谣诼、党人、群小、犬豕、贪婪、混浊、流俗、粪壤、萧艾，另一边是美人、幽兰、秋菊、清白、中正、求索、飞腾、修能、昆仑、凤凰。诗人当然想置身在美人、幽兰一边，但另一边总是竭力拉扯他，使他不得不终生处于自言自语的挣扎之中。

屈原启示后代，常人都有物质上的挣扎和生理上的挣扎，但诗人的挣扎不在那里。屈原进一步告诉中国文学，何谓挣扎中的高贵，何谓高贵中的挣扎。

屈原的高贵，是承担了使命之后的痛苦。由痛苦直接酿造高贵似乎不可思议，屈原提供了最早的范本。

屈原不像诸子百家那样总是表现出大道在心，平静从容，不惊不诧。相反，他有那么多的惊诧，那么多的无奈，那么多的不忍，因此又伴随着那么多的眼泪和叹息。他对幽兰变成萧艾非常奇怪，他更不理解为什么美人总是难见，明君总是不醒。他更惊叹众人为何那么喜欢谣言，又那么冷落贤良……总之，他有太多的疑问、太多的困惑。他曾写过著名的《天问》，其实心中埋藏着更多的“世问”和“人问”。他是一个询问者，而不是解答者，这也是他与诸子百家的重大区别。

而且，与诸子百家的主动流浪不同，屈原还开启了一种大文化人的被迫流浪。被迫之中又不失有限的自由和无限的文采，于是也就掀开了中国的贬官文化史。

由此可见，屈原为诗做了某种定位，为文学做了某种定位，也为诗人和文人做了某种定位。

但是恕我直言，这位在中国几乎人人皆知的屈原，两千多年来依然寂寞。虽然有很多模仿者，却总是难得其神。有些文人在经历上与他有局部相似，却终究又失之交臂。至于他所开创的自我形态、分裂形态、挣扎形态、高贵形态和询问形态，在中国文学中更是大半失落。

这是一个大家都在回避的沉重课题，在这篇文章中也来不及详述。我只能花费很长时间，把屈原的《离骚》翻译成了现代散文。为什么花费很长时间？因为我要经过颇为复杂的学术考订，拂去覆盖在这个作品上面的大量枯藤厚尘，好让我们的屈原，真的走近我们。

《诗经》选译

《诗经》是中国第一部诗歌总集，创作于三千年前至两千五百年前这五百年间。共三百零五首，原来都是乐歌，可唱可舞。汉代儒家学者把它们奉为经典，故称《诗经》。一个民族，能够以“诗”为“经”，可见从一开始就文脉雄健。

《诗经》分《风》、《雅》、《颂》三部分。《风》为地方乐歌，《雅》为宫城乐歌，《颂》为祭祀乐歌。

大家在吟诵《诗经》的时候，不要仅仅以为是在读一些古诗。这是中国文化的真正起点，连端庄渊博的诸子百家、叱咤风云的军政强人也都曾熟记于心。一种庞大而悠久的文化居然有这样美丽的起点，实在让人觉得不可思议。我们也许会为此而深感惭愧，因为几千年来常常忘了这番波光云影，这番花香鸟鸣，这番青春痴情，这番家常人伦。

对于《诗经》的今译，既不难又很难。最难的是，由于题材广泛，情景纷纭，展示多了可能会让今天的普通读者目不暇接。为此，我仅选了极少几首描写家常人伦感情的诗作随手一译，并略做讲解，以便大家在深入阅读之前窥豹一斑。

关雎

关关雎鸠，在河之洲。窈窕淑女，君子好逑。

参差荇菜，左右流之。窈窕淑女，寤寐求之。

求之不得，寤寐思服。悠哉悠哉，辗转反侧。

参差荇菜，左右采之。窈窕淑女，琴瑟友之。

参差荇菜，左右芼之。窈窕淑女，钟鼓乐之。

今译：

快乐的鸠鸟，欢叫在河洲。美丽的姑娘，是我的渴求。

参差不齐的荇菜，摆动得像水流。美丽的姑娘，我日夜都在追求。

求之不得，不知如何。想着想着，辗转反侧。

参差不齐的荇菜，我左右采摘。美丽的姑娘，我要向你弹奏琴瑟。

参差不齐的荇菜，我左右选择。美丽的姑娘，我要敲着钟鼓让你快乐。

这是《诗经》的首篇，中国文脉有这么一个轻快而又絮叨的恋情开头，令人高兴。

静女

静女其姝，俟我于城隅。爱而不见，搔首踟蹰。

静女其娈，贻我彤管。彤管有炜，说怿女美。

自牧归荑，洵美且异。匪女之为美，美人之贻。

今译：

又静又美的姑娘，等我在城角。故意躲着不露面，让我乱了手脚。

又静又美的姑娘，送我一支红色的洞箫。洞箫闪着光亮，我爱这支洞箫。

她又送我一束牧场的荑草，这就美得有点儿蹊跷。其实，美的是人，而不是草。

这首诗，在平静的语言中，有一种疏朗的诗味。

氓

这首诗比较长，我要边讲解，边翻译。

原文的开头是：

氓之蚩蚩，抱布贸丝。匪来贸丝，来即我谋。

这里的“氓”字，并没有后来“流氓”的负面意义，而只是指平民男子、外来男子。这首诗的男主角，一个平民青年，哧哧地笑着，手抱着一匹布，说要来交换丝。但女孩一眼就看穿了，哪里是来换丝啊，明明是借口，目的是要来求婚。

对于这个男子，女孩子的言行非常得体。她说：这么来求婚是不行的，你还缺少一个好媒人。今天就回去吧，我送送你，与你一起涉过淇水，送到顿丘。不是我故意拖延，请你不要灰心，我们约好在秋天吧，你找好了媒人再过来。

于是我们可以看下面几句原文了：

送子涉淇，至于顿丘。匪我愆期，子无良媒。将子无怒，秋以为期。

约好的秋天，很快就到了。女孩子在墙边等啊等，一直等不到人，不免泣涕涟涟。但终于还是等到了，于是就载笑载言，好不高兴。那个男子还为婚事去占卜了，一切都好。于是，就用车把女孩子拉走了，还载走了不少嫁妆，两人结婚了。

请看这一段原文：

乘彼垝垣，以望复关。不见复关，泣涕涟涟。既见复关，载笑载言。尔卜尔筮，体无咎言。以尔车来，以我贿迁。

那么，结婚之后情况如何呢？这就是《氓》这首诗让人伤心的中心内容了。简单说来，这个当初抱着布匹哧哧笑着上门的男青年，实在不是一个好丈夫。作为妻子的“我”流了太多的眼泪，终于要倾诉一下自己的感受了。她的倾诉，是从告诫其他未婚的女孩子开始的——

桑之未落，其叶沃若。于嗟鸠兮，无食桑葚。于嗟女兮，无与士耽。士之耽兮，犹可说也。女之耽兮，不可说也。

翻译一下就是——

桑树还未凋落的时候，叶子很鲜嫩。斑鸠鸟啊，不要贪嘴吃那么多桑葚。姑娘啊，你们更要当心，不要太迷恋男人。男人迷恋进去了还能脱身，女人迷恋进去了，就很难脱身。

告诫过未婚的女孩子，这位妻子就要倾诉自己的经历了。她转身对着负心的丈夫说了一段话，说得滔滔不绝——

桑之落矣，其黄而陨。自我徂尔，三岁食贫。淇水汤汤，渐车帷裳。女也不爽，士贰其行。士也罔极，二三其德。三岁为妇，靡室劳矣。夙兴夜寐，靡有朝矣。言既遂矣，至于暴矣。兄弟不知，咥其笑矣。静言思之，躬自悼矣。及尔偕老，老使我怨。淇则有岸，隰则有泮。总角之宴，言笑晏晏。信誓旦旦，不思其反。反是不思，亦已焉哉！

这一长段，有一百二十字，我翻译成当今白话，听起来也还是一番千年不变的夫妻家常。她是这么说的——

桑树终于落叶了，枯黄飘零。自从我到你家，一直贫困。现在我又要涉过淇水回娘家了，河水溅湿了布巾。我没有做错什么，你却那么无情。你总是变化无常，没有德行。

做妻子那么多年，家务全由我包了，夙兴夜寐，天天辛劳。该做的事情都已经做了，你却越来越粗暴。兄弟们不知情，还在边上嘲笑。我无言苦思，只能自己为自己哀悼。说好一起变老，老了却让我气恼。淇水有岸，沼泽有边，未嫁之时，你是多么讨好，信誓旦旦，全都扔了。既然扔了，也就罢了！

这实在是一首好诗，估计作者是一位女性。

子衿

青青子衿，悠悠我心。纵我不往，子宁不嗣音？

青青子佩，悠悠我思。纵我不往，子宁不来？

挑兮达兮，在城阙兮。一日不见，如三月兮。

今译：

青青的是你的衣襟，悠悠的是我的心情。纵然我没有去找你，你为什么不带来一点儿音讯？

青青的是你的玉带，悠悠的是我的期待。纵然我没有去找你，你为什么也不过来？

走来走去，总在城阙。一日不见，如隔三月。

我很喜欢“青青子衿，悠悠我心”，“青青子佩，悠悠我思”这样的诗句。吟诗者不是把深深的思念寄托于其他象征物件，而是直接寄托在对方的衣襟和玉带上。这可以让人想见，他们两人曾经贴身亲近的时分。当时的体温，被诗句留住了，真是抒情的高手。

蒹葭

我们只选前面八句吧——

> 蒹葭苍苍，白露为霜。所谓伊人，在水一方。
> 溯洄从之，道阻且长。溯游从之，宛在水中央。

今译：

> 芦苇苍苍，白露为霜。心中的人，在水的那一方。
> 逆水去找，坎坷漫长。顺水去找，她就像在水中央。

原文和今译，已经差别不大。由此可见中国文字从《诗经》出发到今天的千年亲近，千年畅达。

《逍遥游》今译

《逍遥游》篇名这三个字，早已成了我的人生理想和艺术理想。庄子首先是大哲学家，安踞先秦诸子中的至高地位，却又顺便成了大散文家。因此，他的文章，是哲学和文学的最佳融结。

由他开始，中国哲学始终渗透着诗意，而中国文学则永远叩问着天意。

下面是我对《逍遥游》的今译。

北海有鱼，叫鲲。鲲之大，不知有几千里。它化为鸟，就叫作鹏。鹏之背，也不知有几千里。奋起一飞，翅膀就像天际的云。这大鸟，飞向南海；那南海，就是天池。

《齐谐》这本记载怪异之事的书中说："鹏鸟那次飞南海，以翅击水三千里，直上云霄九万里，一路浩荡六月风。"

大鹏从上往下看，只见野马般的雾气和尘埃相互吹息。天色如此青苍，不知是天的本色，还是因为深远至极而显现这种颜色？

积水不厚，就无力承载大舟。如果倒一杯水在堂下小洼，只能以芥草为舟。放上一个杯子就胶着不能动了，这是水浅而船大的缘故。同样，积风不厚，就无力承载巨翅。所以，大鹏在九万里之间都把风压在翅下，才凭风而飞，背负青天，无可阻挡，直指南方。

寒蝉和小鸠在一起讥笑大鹏："我们也飞上去过嘛，穿越榆树和檀枝，飞不过去了就老老实实回到地面，何必南飞九万里？"

是啊，如去郊游，只要带三餐就饱；如出百里，就要舂一宿之米；如走千里，就要聚三月之粮。这个道理，那两个小虫怎么能懂？

小智不懂大智，短暂不知长久。你看，朝菌活不过几天，寒蝉活不过几月，这就叫短暂。但是，楚国南部有一只大龟叫冥灵，把五百年当作一个春季，再把五百年当作一个秋季；古代那棵大椿树就更厉害了，把八千年当作一个春季，再把八千年当作一个秋季。这就叫长久，或者说长寿。最长寿的名人是彭祖，众人老想跟他比，那不是很悲哀！

商汤和他的贤臣棘，同样在谈论鲲鹏和小鸟的话题。他们也这样说，极荒之北有大海天池，那里有鱼叫鲲，宽几千里，长不可知；有鸟叫鹏，背如泰山，翅如天云，扶摇直上九万里，超云雾，背青天，去南海。但是，水塘里的小雀却讥笑起来："它要去哪里？像我，也能腾跃而上，飞不过数仞便下来，在草丛间盘旋。所谓飞翔，也不过如此吧，它还想去哪里？”

这就是大小之别。

且看周围那些人，既有做官的本事，又有乡间的名声，既有君主的认可，又有征召的信任，他们对自己的看法，大概也像小雀这样的吧？难怪，智者宋荣子要嘲笑他们。

宋荣子这样的人就不同了。举世赞誉他，他也不会来劲；举世非难他，他也不会沮丧。他觉得，人生在世，分得清内外，认得清荣辱，也就可以了，何必急于求成。

但是，即使像宋荣子这样，也还没有树立人生标杆。请看那个列子，出门总是乘风而行，轻松愉快，来回半个月路程。对于求福，从不热切。然而，列子也有弱点，他尽管已经不必步行，却还是需要有所凭借，譬如风。

如果有人，能够乘着天地之道，应顺自然变化，遨游无穷之境，那么，他还会需要凭借什么呢？

因此，结论是——

至人不需要守己；

神人不需要功绩；

圣人不需要名声。

尧帝要把天下让给许由，对他说：“日月都出来了，火炬还没有熄灭，那光，不就难堪了吗？大雨就要下了，灌溉还在进行，那水，不就徒劳了吗？先生出来，天下大治，如果我还空居其位，连自己也觉得不对。那就请容我，把天下交给你。”

许由回答道：“你治天下，天下已治。我如果来替代你，为了什么？难道为名？那么，名是什么？名、实之间，实为主人，名为随从。莫非，我要做一个无主的随从？要说名，你看鹪鹩，名为筑巢深林，其实只占了一枝；再看鼹鼠，名为饮水河上，其实只喝了一肚。”

“请回去休息吧，君王。我对天下无所用。”许由说，“厨子不想下厨了，也不能让主祭人越位去代替啊！”

那天，一个叫肩吾的人告诉友人连叔：“我最近听了一次接舆先生的谈话，实在是大而无当，口无遮拦。他说得那么遥而无极，非常离谱，不合世情，我听起来有点儿惊恐。”

“他说了什么？”连叔问。

“他说：‘在遥远的姑射山上住着一位神人。肌肤如冰雪，风姿如处女，不食五谷，吸风饮露，乘云气，驾飞龙，游四海之外。他只要把元神凝聚，就能祛灾而丰收。’”肩吾说，“我觉得他这话，虚妄不可信。”

连叔一听，知道了肩吾的障碍，便说：“是啊，盲人无以欣赏文采，聋者无以倾听钟鼓。岂止形体有盲聋，智力也是一样。我这话，是在说你呢！”

连叔继续说下去：“那样的神人，那样的品貌，已与万物合一。世上太多纷扰，而他又怎么会在乎天下之事？那样的神人，什么东西也伤不着他，滔天洪水也淹不了他，金熔山焦也热不了他。即便是他留下的尘垢秕糠，也能铸成尧舜功业。他，怎么会把寻常物理当一回事？”

宋人要到越国卖帽子，但是越人剪过头发文过身，用不着。尧帝管理过了天下之民，治理过了天下之政，也已经用不着什么“帽子”。他到汾水北岸去见姑射山上的四位高士，恍惚间，把自己所拥有的天下权位，也给忘了。

惠施对庄子说：“魏王送给我大葫芦的种子，我种出来一看，容量可装五石。拿去盛水，却又怕它不够坚牢。剖开为瓢，还是太大，不知道能舀什么。你看，要说大，这东西够大，因为没用，只好砸了。”

庄子说：“先生确实不善于用大。宋国有一家人，祖传一种防皴护手药，便世世代代从事漂洗。有人愿出百金买这个药方，这家人就聚集在一起商议，说：‘我们世代漂洗，所得不过数金，今天一下子就卖得百金，那就卖吧。’那个买下药方的人，把这事告诉了吴王。正好越国发难，吴王就派他率部，在冬天与越人水战，因为有了那个防皴药方，使越军大败，吴王就割地封赏他。你看，同是一个药方，用大了可以凭它获得封赏，用小了只能借它从事漂洗，这就是大用、小用之别。现在你既然有了五石大葫芦，为什么不来一个大用，做成一个腰舟挂在身上，去浮游江湖？如果老是担忧它没有用，心思就被蓬草缠住了。”

惠施还是没有明白，对庄子说：“我有一棵大树，人家叫它樗，树干臃肿而不合绳墨，小枝卷曲而不中规矩，实在无用，长在路旁，木匠一看便转身离去。刚才先生的话，听起来也是大而无用，恐怕众人也会转身离去。”

庄子进一步劝说惠施：“无用？有用？你难道没见过野猫和黄鼠狼吗？它们多么能干，既可以躬身埋伏，等候猎物；又可以东西跳梁，不避高下。结果，陷于机关，死于网猎。”

“要说实用，连身大如云的牦牛，虽可大用，却逮不着老鼠。”庄子又加了一句。

“今天你拥有一棵大树，却在苦恼它无用！”庄子继续说，“能不能换一种用法？例如，把它移栽到无边无际的旷野里，你可以毫无牵挂地徘徊在它身边，可以逍遥自在地躺卧在它脚下。刀斧砍不着它，什么也害不了它。它确实无用，却为何困苦？”

《逍遥游》原文

庄周

北冥有鱼，其名为鲲。鲲之大，不知其几千里也；化而为鸟，其名为鹏。鹏之背，不知其几千里也；怒而飞，其翼若垂天之云。是鸟也，海运则将徙于南冥。南冥者，天池也。《齐谐》者，志怪者也。《谐》之言曰："鹏之徙于南冥也，水击三千里，抟扶摇而上者九万里，去以六月息者也。"野马也，尘埃也，生物之以息相吹也。天之苍苍，其正色邪？其远而无所至极邪？其视下也，亦若是则已矣。且夫水之积也不厚，则其负大舟也无力。覆杯水于坳堂之上，则芥为之舟，置杯焉则胶，水浅而舟大也。风之积也不厚，则其负大翼也无力。故九万里，则风斯在下矣，而后乃今培风；背负青天，而莫之夭阏者，而后乃今将图南。蜩与学鸠笑之曰："我决起而飞，抢榆枋，时则不至，而控于地而已矣，奚以之九万里而南为？"适莽苍者，三飡而反，腹犹果然；适百里者，宿舂粮；适千里者，三月聚粮。之二虫又何知！

小知不及大知，小年不及大年。奚以知其然也？朝菌不知晦朔，蟪蛄不知春秋，此小年也。楚之南有冥灵者，以五百岁为春，五百岁为秋；上古有大椿者，以八千岁为春，八千岁为秋，此大年也。而彭祖乃今以久特闻，众人匹之，不亦悲乎！汤之问棘也是已。穷发之北，有冥海者，天池也。有鱼焉，其广数千里，未有知其修者，其名为鲲。

有鸟焉，其名为鹏，背若泰山，翼若垂天之云，抟扶摇羊角而上者九万里，绝云气，负青天，然后图南，且适南冥也。斥鴳笑之曰："彼且奚适也？我腾跃而上，不过数仞而下，翱翔蓬蒿之间，此亦飞之至也。而彼且奚适也？"此小大之辩也。

故夫知效一官，行比一乡，德合一君，而征一国者，其自视也，亦若此矣。而宋荣子犹然笑之。且举世而誉之而不加劝，举世而非之而不加沮，定乎内外之分，辩乎荣辱之境，斯已矣。彼其于世，未数数然也。虽然，犹有未树也。夫列子御风而行，泠然善也，旬有五日而后反。彼于致福者，未数数然也。此虽免乎行，犹有所待者也。若夫乘天地之正，而御六气之辩，以游无穷者，彼且恶乎待哉？故曰：至人无己，神人无功，圣人无名。

尧让天下于许由，曰："日月出矣，而爝火不息，其于光也，不亦难乎！时雨降矣，而犹浸灌，其于泽也，不亦劳乎！夫子立而天下治，而我犹尸之，吾自视缺然。请致天下。"许由曰："子治天下，天下既已治也，而我犹代子，吾将为名乎？名者，实之宾也，吾将为宾乎？鹪鹩巢于深林，不过一枝；偃鼠饮河，不过满腹。归休乎君，予无所用天下为！庖人虽不治庖，尸祝不越樽俎而代之矣。"

肩吾问于连叔曰："吾闻言于接舆，大而无当，往而不返。吾惊怖其言犹河汉而无极也，大有径庭，不近人情焉。"连叔曰："其言谓何哉？""曰'藐姑射之山，有神人居焉。肌肤若冰雪，绰约若处子；不食五谷，吸风饮露；乘云气，御飞龙，而游乎四海之外；其神凝，使物不疵疠而年谷熟。'吾以是狂而不信也。"连叔曰："然，瞽者无以与乎文章之观，聋者无以与乎钟鼓之声。岂唯形骸有聋盲哉？夫知亦有之。

是其言也，犹时女也。之人也，之德也，将旁礴万物以为一，世蕲乎乱，孰弊弊焉以天下为事？之人也，物莫之伤，大浸稽天而不溺，大旱金石流、土山焦而不热。是其尘垢秕糠，将犹陶铸尧舜者也，孰肯以物为事？”

宋人资章甫而适诸越，越人断发文身，无所用之。

尧治天下之民，平海内之政。往见四子藐姑射之山，汾水之阳，窅然丧其天下焉。

惠子谓庄子曰：“魏王贻我大瓠之种，我树之成而实五石。以盛水浆，其坚不能自举也。剖之以为瓢，则瓠落无所容。非不呺然大也，吾为其无用而掊之。”庄子曰：“夫子固拙于用大矣。宋人有善为不龟手之药者，世世以洴澼絖为事。客闻之，请买其方百金。聚族而谋曰：‘我世世为洴澼絖，不过数金。今一朝而鬻技百金，请与之。’客得之，以说吴王。越有难，吴王使之将。冬，与越人水战，大败越人，裂地而封之。能不龟手一也，或以封，或不免于洴澼絖，则所用之异也。今子有五石之瓠，何不虑以为大樽而浮乎江湖？而忧其瓠落无所容，则夫子犹有蓬之心也夫。”

惠子谓庄子曰：“吾有大树，人谓之樗。其大本拥肿而不中绳墨，其小枝卷曲而不中规矩。立之涂，匠者不顾。今子之言，大而无用，众所同去也。”庄子曰：“子独不见狸狌乎？卑身而伏，以候敖者；东西跳梁，不避高下；中于机辟，死于罔罟。今夫斄牛，其大若垂天之云，此能为大矣，而不能执鼠。今子有大树，患其无用，何不树之于无何有之乡，广莫之野，彷徨乎无为其侧，逍遥乎寝卧其下？不夭斤斧，物无害者，无所可用，安所困苦哉？”

《报任安书》今译

少卿足下：

前些时候承蒙您写信给我，教导我慎于接物，举荐贤良。您的语气很恳切，好像怕我不听，随从流俗。其实怎么会呢，我虽然低能，却也知道长者遗风。只是觉得自己的身体已经遭受阴秽的刑残，动辄得咎，想做好事反成祸害，因此心情抑郁，无人诉说。

谚语说："为谁而为？让谁来听？"请看钟子期死后，俞伯牙终生不再弹琴，为什么？因为士人只为知己者所用，就像女子只为心爱者化妆。像我这样，身体已有根本缺陷，即使具有像随侯珠、和氏璧这样的材质，或者具有像许由、伯夷这样的品行，也不能稍有得意，因为听的人会暗暗耻笑。

来信本应及时作答，但刚刚从东方随驾而回，又琐事缠身，很难见面，实在抽不出时间一抒心意。如今，您遭受不测之罪，再过一个月就近冬末，我又要随从去雍地。恐怕这期间您会卒然伏刑离世，那我就没有机会向您倾诉愤懑了，而您则在死后也会抱怨无穷。因此，请让我赶紧略陈浅陋之见。拖了那么久才这样回信，请勿见怪。

我曾听到过这样的说法："修身是智慧的府巢，乐施是仁德的信号，取舍是道义的符兆，知耻是勇敢的先导，立名是行为的目标。"

士人有了这五方面的作为，就可以寄身于世，列君子之林。

如果从反面来说，那么，世上最多的祸殃，莫过于利令智昏；最重的悲痛，莫过于伤及心灵；最丑的行为，莫过于有辱祖先；最大的羞辱，莫过于受了宫刑。

受了宫刑阉割的人，无法与常人相提并论。这并非一世之见，而是由来已久。即便是历朝的宦官阉人，也都被人所耻。孔子见卫灵公与宦官同车，就离开卫国去了陈国；商鞅靠着宦官见了秦孝公，贤臣赵良一见就起了寒心；汉文帝由宦官陪着乘车，郎中袁盎随即就变了脸色。即使是社会上的中等人物，只要事涉宦官，便已垂头丧气，更何况慷慨之士。如今朝廷虽然缺少人才，却怎么会让我这样的阉余之人来推荐天下豪俊！

我依赖先人遗业，在京城任职已经二十多年。自己思量了一下：第一，我不能尽奉忠信，贡献奇策，结交明主；第二，我不能拾遗补阙，招贤进能，推举隐士；第三，我不能参与行伍，攻城野战，斩将夺旗；第四，我不能积聚功劳，高取官禄，光宗惠友。这四方面，无一如愿，只能苟且容身。由此可见，我实在没有长短之功。

想当年，我也曾置身于下大夫之列，陪在外廷发表一些零碎议论，却也没有在当时伸张法度，竭尽思虑。如今身残而成为扫除仆隶，如果在如此卑贱之中还想昂首扬眉，论列是非，那岂不是轻慢朝廷，羞辱当世之士？哎呀，像我这样的人，还说什么，还说什么！

况且，事情的本末很不容易说清。

我少年时颇有一点才能，长大后未被家乡称誉，幸亏皇上因为我的父亲，让我贡献薄技，出入宫廷。我想，如果头上顶着盆子还怎么能仰望天庭？因此把所有的“盆子”都撤了，谢绝宾客，忘记家室，日夜思考要竭尽薄才，专心营职求得皇上信任。然而谁知，情况却大谬而不然，发生了李陵事件。

我和李陵同在宫中任职，素不亲密，志趣相异，从未举杯而欢。但我看他，倒是一位奇士，孝敬父母，诚信交友，临财而廉，取舍合义，礼让有度，恭敬谦虚，常想奋不顾身地报效国家。因长期历练，有国士之风。我想，身为臣子面对公共灾难宁肯万死而不顾一生，实属奇罕。没想到，当他做事一有不当，那些历来只知保命保家的臣子随即扩大他的过失，对此我实在心痛。

况且，说起李陵兵败之事，他当时率兵不足五千，深践戎马腹地，足踏匈奴王廷。这就是垂饵虎口，横挑强敌，仰攻大营。与单于连战十余日，杀敌之数已超过自己部队的人数。匈奴一时连救死扶伤都来不及了，上下震惊恐怖，便征集左贤王、右贤王的所有部属，再发动一切能够骑射之民，围攻李陵。李陵转战千里，箭尽路穷，救兵不至，死伤士卒，遍地堆积。即便这样了，李陵一声呼喊，士卒们仍然尽力奋起，流着泪，抹着血，拉着已经无箭的弓弩，冲向白花花的刀剑，一起向北拼杀。

在李陵还未覆没时，只要有前线信使来报，满朝公卿王侯皆举杯祝捷。但是，几天后李陵兵败，消息传来，皇上便食不甘味，上朝不悦。大臣们又忧又惧，束手无策。

我见皇上如此悲伤，很想不顾自己地位卑下，奉上一份恳切劝慰的心意。我想，李陵平日对将士诚挚忘己，才得到他们以死相报，这情景即便是古代名将也不能超过。现在兵败而陷身对方，推测他的用意，还是想等待时机报效汉朝。时至今日已无可奈何，但他摧败匈奴的功绩也已经足以昭示天下。——我有心把这些想法对皇上说说，却一直未遇机会。

那天正好皇上召问，我就根据这些想法，以李陵之功来宽慰皇上，顺便阻挡一下朝上的怨怒之言。谁知，我还没有讲清楚，皇上也没有听明白，就认为我是借着为李陵游说，在诋毁另一位将军李广利。于是，我被交付审判。

我怀拳拳之心，却无法为自己辩白。我的罪名是“诬上”，这个审判被认准。

我家贫寒，没有钱财来自赎。朋友无一人来营救，皇上左右的官员也没有一个为我讲一句话。于是，我这具非木石之身深陷图圄，只与法吏为伍，又能向谁诉说。这些都是您所见到的，不正是我的状况吗？李陵未死而成了降将，家庭名声败坏，而我则被阉割而关进了蚕室，深为天下嘲笑。悲痛啊悲痛！这样的事，真不易一一告诸世俗之人。

我的先人并没有立下让子孙免罪的功勋，做太史公的父亲虽然执掌文史星历，其实与执掌卜筮祭祀差不多，被朝廷像倡优一般养着，都是皇上眼里的“戏弄”小职，也为世俗所轻视。如果当初我选择伏法而死，那也就相当于九牛失去一毛，与蚁蝼何异？世人不会把我看作是死于节操，只认为是死于低智犯罪，自不可免。为什么？这出于平素的立身定见。

人固有一死，或重于泰山，或轻于鸿毛。这是因为，人生的趋向不同。

在生死边缘上，可以分很多层次。第一，不能让祖先受辱；第二，不能让身体受辱；第三，不能在道理、颜面上受辱；第四，不能在言辞上受辱；第五，不能因捆绑而受辱；第六，不能因囚服而受辱；第七，不能因枷杖而受辱；第八，不能因剃发、锁链而受辱；第九，不能因毁肤、断肢而受辱；而最终，第十，不能因官刑阉割而受辱。

古书说：“刑不上大夫。”这是说，对士大夫的节操不能不尊重和勉励。猛虎在深山，百兽震恐，但等到落入陷阱槛笼，只能摇尾求食，积聚的威力渐渐被制约。所以，对士大夫而言，即使有人画一个圆圈当监狱，也绝对不会踏入；即使有人削一个木偶当狱吏，也绝对不去应对。对这样的事，理应态度鲜明，宁死不屈。但是现在，居然手脚被绑，木枷上身，肌肤暴露，鞭抽杖打，幽禁高墙。见到狱吏就磕头触地，见到狱卒则胆战心惊。为什么？那全是由长期而具体的威压所造成。到了这个地步，还说不受辱，只是强颜罢了，已经没有价值。

想想历史，周文王一方霸主，被拘羑里；李斯一国之相，却受五刑；淮阴侯贵为楚王，被捕于陈；彭越、张敖面南称王，终投监狱；绛侯周勃平叛有功，权倾五霸，亦被囚禁；魏其侯窦婴，戴上了三道刑具；还有，大将季布卖身为奴；大将灌夫惨遭拘杀……

——这些人，都是王侯将相，声威远及邻国，一旦获罪，如果没有果断自杀，终究沦为尘埃。古今都是一样，哪能不受其辱。由此看来，一个人的勇敢、怯懦、强悍、脆弱，并非由他自己，而是由他所面临的形势而定。这很明白，不足为怪。一个人如果不在审判之外自杀，往往气息已经挫衰，等到受刑之时再想以死殉节，那也就太迟了。我想，古人所说的“刑不上大夫”，可能也与此有关。

人之常情是贪生恶死，念父母，顾妻子。但是，被道义和天理所激励的人就不一样了，他们无法以私利抑制自己。

我不幸早失父母，没有兄弟，孤独一身。你看我对妻儿会如何？其实勇敢的人不必以死殉节，怯懦的人如果仰慕道义，处处都能受到勉励。我虽怯懦，苟活至今，心里却明白行为分际，何至于在狱中受辱？世间奴婢尚且能断然自尽，何况像我这样的人。我之所以隐忍苟活到今天，身陷污秽而不死，完全是因为尚有心愿未完成。如果死了，我的著作也就不能传于后世。

自古以来，生而富贵而死后无名的人，不可胜数。只有卓越豪迈的非凡之人，才被后世称道。你看，文王被拘，推出《周易》；孔子困厄，写成《春秋》；屈原放逐，乃赋《离骚》；左丘明失明，仍著《国语》；孙膑断足，修得《兵法》；吕不韦贬蜀，便有《吕氏春秋》；韩非囚秦，写出《说难》、《孤愤》；即使是《诗》三百篇，也大多是圣贤发奋之作。

这些人，都是意有郁结，得不到排纾通道，所以追述往事，启发来者。至于像左丘明、孙膑这样的残障者，已不可实用，便退而著书，抒发郁愤，留文自现。

我本人则不自量力，近些年用笨拙的文辞，搜罗天下散佚旧闻，考证历来行为事迹，审察成败兴衰之理，上至黄帝，下至当今，写成表十篇、本纪十二篇、书八篇、世家三十篇、列传七十篇，共一百三十篇。我的意图是：究天人之际，通古今之变，成一家之言。

谁知，草稿还没有完成就遇到了这场大祸。我心中一直痛惜着这部未成之书，因此受到大刑也无愠色。我确实会写成此书，藏之名山，传之达人，并在通邑大都流播。这样，旧债得以补偿，万死而不后悔。当然，这只能为智者道，不能为俗人言。

最后，还想再度向您诉说我今天的处境。

负卑难以居世，位低多遭谤议。我因言论遭祸受乡人耻笑，使先人受辱，还有什么脸面为父母上坟？即使百世之后，这种屈辱还会加重。因此，愁肠一日而九回。在家恍惚若有所失，出门则不知到哪里去。每想到此，没有一次不是汗流浃背，沾湿衣裳。我简直成了宦官，哪里还能隐退到深山岩穴？因此姑且从俗沉浮，与时俯仰，以求疏通心间狂惑。今天您要我举荐贤能，未免与我心意相违。现在我即便想以美好的词句自雕自释，也是无益。因为世俗并不相信，只是自取其辱。

看来，要到死亡之日，才能定夺是非。

书信不能尽意，只是略陈固陋之见。恭敬再拜！

《报任安书》原文

司马迁

太史公牛马走司马迁，再拜言。

少卿足下：曩者辱赐书，教以慎于接物，推贤进士为务。意气勤勤恳恳，若望仆不相师，而用流俗人之言。仆非敢如此也。仆虽罢驽，亦尝侧闻长者之遗风矣。顾自以为身残处秽，动而见尤，欲益反损，是以独抑郁而谁与语。

谚曰："谁为为之？孰令听之？"盖锺子期死，伯牙终身不复鼓琴。何则？士为知己者用，女为说己者容。若仆大质已亏缺矣，虽才怀随、和，行若由、夷，终不可以为荣，适足以见笑而自点耳。

书辞宜答，会东从上来，又迫贱事，相见日浅，卒卒无须臾之间得竭志意。今少卿抱不测之罪，涉旬月，迫季冬，仆又薄从上雍，恐卒然不可为讳。是仆终已不得舒愤懑以晓左右，则长逝者魂魄私恨无穷。请略陈固陋。阙然久不报，幸勿为过。

仆闻之：修身者，智之符也；爱施者，仁之端也；取予者，义之表也；耻辱者，勇之决也；立名者，行之极也。士有此五者，然后可以托于世，而列于君子之林矣。故祸莫憯于欲利，悲莫痛于伤心，行莫丑于辱先，诟莫大于宫刑。刑余之人，无所比数，非一世也，所从来远矣。昔卫灵公与雍渠同载，孔子适陈；商鞅因景监见，赵良寒心；

同子参乘，袁丝变色，自古而耻之。夫中材之人，事有关于宦竖，莫不伤气，而况于慷慨之士乎！如今朝廷虽乏人，奈何令刀锯之余，荐天下之豪俊哉！仆赖先人绪业，得待罪辇毂下，二十余年矣。所以自惟：上之，不能纳忠效信，有奇策材力之誉，自结明主；次之，又不能拾遗补阙，招贤进能，显岩穴之士；外之，不能备行伍，攻城野战，有斩将搴旗之功；下之，不能积日累劳，取尊官厚禄，以为宗族交游光宠。四者无一遂，苟合取容，无所短长之效，可见于此矣。向者，仆亦尝厕下大夫之列，陪奉外廷末议，不以此时引纲维，尽思虑，今已亏形为扫除之隶，在阘茸之中，乃欲仰首伸眉，论列是非，不亦轻朝廷、羞当世之士邪？嗟乎！嗟乎！如仆尚何言哉！尚何言哉！

且事本末未易明也。仆少负不羁之才，长无乡曲之誉，主上幸以先人之故，使得奏薄伎，出入周卫之中。仆以为戴盆何以望天，故绝宾客之知，亡室家之业，日夜思竭其不肖之才力，务一心营职，以求亲媚于主上。而事乃有大谬不然者。

夫仆与李陵俱居门下，素非能相善也。趋舍异路，未尝衔杯酒，接殷勤之余欢。然仆观其为人，自守奇士，事亲孝，与士信，临财廉，取与义，分别有让，恭俭下人，常思奋不顾身，以殉国家之急。其素所蓄积也，仆以为有国士之风。夫人臣出万死不顾一生之计，赴公家之难，斯已奇矣。今举事一不当，而全躯保妻子之臣随而媒蘖其短，仆诚私心痛之。且李陵提步卒不满五千，深践戎马之地，足历王庭，垂饵虎口，横挑强胡，仰亿万之师，与单于连战十有余日，所杀过当，虏救死扶伤不给。旃裘之君长咸震怖，乃悉征其左、右贤王，举引弓之人，一国共攻而围之。转斗千里，矢尽道穷，救兵不至，士卒死伤如积。然陵一呼劳军，士无不起，躬自流涕，沫血饮泣，更张空拳，冒白刃，北向争死敌者。陵未没时，使有来报，汉公卿王侯皆奉觞上寿。后数日，陵败书闻，主上为之食不甘味，听朝不怡。大臣忧惧，不知所出。仆窃不自料其卑贱，见主上惨怆怛悼，诚欲效其款款之愚，以为李陵素与士大夫绝甘分少，能得人之死力，虽古之名将，不能过也。身虽陷败，彼观其意，且欲得其当而报于汉。事已无可奈何，其所摧败，功亦足以暴于天下矣。仆怀欲陈之，而未有路，适会召问，即以此指，推言陵之功，欲以广主上之意，塞睚眦之辞。未能尽明，明主不晓，以为仆沮贰师，而为李陵游说，遂下于理。拳拳之忠，终不能自列。因为诬上，卒从吏议。家贫，货赂不足以自赎，交游莫救视，左右亲近不为一言。身非木石，独与法吏为伍，深幽囹圄之中，谁可告诉者！此真少卿所亲见，仆行事岂不然乎？李陵既生降，颓其家声，而仆又佴之蚕室，重为天下观笑。悲夫！悲夫！事未易一二为俗人言也。

仆之先，非有剖符丹书之功，文史星历，近乎卜祝之间，固主上所戏弄，倡优所畜，流俗之所轻也。假令仆伏法受诛，若九牛亡一毛，与蝼蚁何以异？而世俗又不与能死节者次比，特以为智穷罪极，不能自免，卒就死耳。何也？素所自树立使然也。人固有一死，死或重于泰山，或轻于鸿毛，用之所趣异也。太上不辱先，其次不辱身，其次不辱理色，其次不辱辞令，其次诎体受辱，其次易服受辱，其次关木索、被箠楚受辱，其次剔毛发、婴金铁受辱，其次毁肌肤、断肢体受辱，最下腐刑极矣！传曰："刑不上大夫。"此言士节不可不勉励也。猛虎在深山，百兽震恐，及在槛阱之中，摇尾而求食，积威约之渐也。故士有画地为牢，势不可入；削木为吏，议不可对，定计于鲜也。今交手足，受木索，暴肌肤，受榜箠，幽于圜墙之中。当此之时，见狱吏则头枪地，视徒隶则心惕息。何者？积威约之势也。及以至是，言不辱者，所谓强颜耳，曷足贵乎！且西伯，伯也，拘于羑里；李斯，相也，具于五刑；淮阴，王也，受械于陈；彭越、张敖，南面称孤，系狱抵罪；绛侯诛诸吕，权倾五伯，囚于请室；魏其，大将也，衣赭衣，关三木；季布为朱家钳奴；灌夫受辱于居室。此人皆身至王侯将相，声闻邻国，及罪至罔加，不能引决自裁，在尘埃之中。古今一体，安在其不辱也？由此言之，勇怯，势也；强弱，形也。审矣，何足怪乎？夫人不能早自裁绳墨之外，以稍陵迟，至于鞭箠之间，乃欲引节，斯不亦远乎！古人所以重施刑于大夫者，殆为此也。

夫人情莫不贪生恶死，念父母，顾妻子；至激于义理者不然，乃有所不得已也。今仆不幸，早失父母，无兄弟之亲，独身孤立，少卿视仆于妻子何如哉？且勇者不必死节，怯夫慕义，何处不勉焉！仆虽怯懦，欲苟活，亦颇识去就之分矣，何至自沉溺缧绁之辱哉！且夫臧获婢妾，犹能引决，况仆之不得已乎？所以隐忍苟活，幽于粪土之中而不辞者，恨私心有所不尽，鄙陋没世，而文采不表于后世也。

古者富贵而名磨灭，不可胜记，唯倜傥非常之人称焉。盖文王拘而演《周易》；仲尼厄而作《春秋》；屈原放逐，乃赋《离骚》；左丘失明，厥有《国语》；孙子膑脚，兵法修列；不韦迁蜀，世传《吕览》；韩非囚秦，《说难》、《孤愤》；《诗》三百篇，大底贤圣发愤之所为作也。此人皆意有所郁结，不得通其道，故述往事、思来者。乃如左丘无目，孙子断足，终不可用，退而论书策，以舒其愤，思垂空文以自见。

仆窃不逊，近自托于无能之辞，网罗天下放失旧闻，略考其事，综其终始，稽其成败兴坏之纪，上计轩辕，下至于兹，为十表，本纪十二，书八章，世家三十，列传七十，凡百三十篇。亦欲以究天地之际，通古今之变，成一家之言。草创未就，会遭此祸，惜其不成，是以就极刑而无愠色。仆诚已著此书，藏之名山，传之其人，通邑大都，则仆偿前辱之责，虽万被戮，岂有悔哉！然此可为智者道，难为俗人言也！

且负下未易居，下流多谤议。仆以口语遇遭此祸，重为乡党所笑，以污辱先人，亦何面目复上父母之丘墓乎？虽累百世，垢弥甚耳！是以肠一日而九回，居则忽忽若有所亡，出则不知其所往。每念斯耻，汗未尝不发背沾衣也！身直为闺阁之臣，宁得自引深藏岩穴邪？故且从俗浮沉，与时俯仰，以通其狂惑。今少卿乃教以推贤进士，无乃与仆私心剌谬乎？今虽欲自雕琢，曼辞以自饰，无益，于俗不信，适足取辱耳。要之，死日然后是非乃定。书不能悉意，略陈固陋。谨再拜。

附论：两个地狱之门

漫长的阅读经历，已经使我有能力对中外历史上各种不可思议的事件保持平静，并用从容的笔调把它们写出来。但是，有一件事，我一直秘藏在心底，长久不敢去惊动。因为一惊动，我的身心必然会产生强烈震撼，很难消解。

但是，一直秘藏终究不是办法，我决定还是用最收敛的笔调，写一篇短文。

为什么这件事会让我的身心产生强烈震撼？

这与以下一些问题有关。

问：在中国运用文字以来的四千多年历史上，哪一个写作人的成就最为宏大？

答：司马迁。

问：他为什么能获得这个地位？

答：他的巨著《史记》，从精神理念到编写体制，被以后的全部断代史所沿用，因此他是中国历史思维的奠基者。同时，在文字表现上，他又是中国古代散文的第一支笔。我们每个人身上，都渗透着他的文化基因。

问：以单个生命体完成如此伟业，他一定是一个超常健全的人吧？

答：不，恰恰相反。当《史记》的写作还“草创未就之时”，由于在朝堂上为一位战败将军说了几句宽慰的话，触怒了汉武帝，被施行了“腐刑”，也就是阉割了男性的生理之本。这当然比死亡还要屈辱百倍，但他咬着牙齿活了下来，为了《史记》。

问：读者难于想象，这部皇皇巨著，居然在地狱里写成。在写成的那一天，他一定感慨万千吧？

答：当然感慨万千，但又无处可说，因为一开口就深感羞辱。甚至也不能对家人说，因为阉割之祸使家门受辱，祖坟蒙污。难道这个天下最善于表达的人要把这么多难于启齿的话语全部憋在心底永不吐露，随着生命的消失而消失吗？没想到突然出现了一个机会，一位叫任安的友人，也被莫名其妙地判处了死刑，很快就要执行，司马迁就给他写了一封信，倾吐滔滔心声。他只想倾吐，又不想被世间的一切耳朵听到，因此只能倾吐给一个临死的人。我曾说，这是从一个地狱之门寄向另一个地狱之门的信。不管在什么情况下，这样的信永远让人惊心动魄。

问：司马迁写这封信的时候，《史记》刚刚完成？

答：对。两个地狱之间的信，牵连着一部天堂之书。

问：司马迁写完这封信，还活了多久？

答：不清楚，没有任何记载。一位最伟大的历史学家写完了那么多历史人物的生平，却没有把自己的生平写完，但也许是故意。一般认为，他写这封信后不久也死了。这封信，相当于绝命书。信稿留下来了，大家都能读到，叫《报任安书》。

以上六番问答，大体说明了我每次产生强烈震撼的原因。

当极度的伟大和极度的卑污集中在一个小小的生命之中，我们看到了生命的最高含量和最后边沿。

中国，居然是靠着这个不敢自称男子的男子，靠着他苍白的脸、萎弱的手，建立了全部历史尊严。

文化，居然是靠着他每天汗流浃背的无限孤独，攀上了前无古人、后无来者的摩天峰巅。

就在司马迁写给任安的这封信中，我们读到了几乎一切中国人都知道的那句话——

人固有一死，死或重于泰山，或轻于鸿毛，用之所趣异也。

这句话，后人常常误读，以为不惜赴死就是重于泰山。其实，司马迁认为，死是容易的，但极有可能轻于鸿毛，甚至九牛一毛。最难的是，即便以最屈辱、最卑微的方式活着，也能够“究天地之际，通古今之变，成一家之言”，这就重于泰山了。

这也就是说：精神尊严，高于世俗尊严；人格尊严，高于生理尊严；历史尊严，高于即时尊严；宏观尊严，高于直观尊严。

我从青年时代开始，不断听到不少前辈文人的诚恳表述，说平生读到最感动的文章，就是这篇《报任安书》。我发现，凡是有这种表述的人，人品都很不错。从现代反推上去，可以判断这封写于两个地狱之间的信，对中国两千多年来的文化心态，做了何等程度的提醒和安抚。

前面说到，司马迁为自己制定的目标是“究天地之际，通古今之变，成一家之言”。长期以来，人们对这个目标的后面两点即“通古今之变，成一家之言”非常认同，我本人也为之写过很多文章，此处恕不重复；但是对第一点“究天地之际”，大家常常缺少深刻认识，以为是泛泛之言。

事实上，《史记》留下了大量天文学的资料，而且极具价值。例如，他在《天官书》中发现了月食的周期，并为五大行星裁定了统一的名称，总结了它们顺行、逆行和相对静止的时间规律，又指出行星在逆行时更加明亮。他描述了恒星的不同颜色和明亮度，观察了变星的隐显，还记录了彗星、大流星、陨石、极光、黄道光和新星的奇异天象。他的某些天文观察，早了欧洲一千多年，毫无疑问是古代东方第一流的天文学家。

除了天文学之外，《史记》还对地理、经济、财政、水利、礼制、音乐等学科的历史发展，进行了深入研究，展现了百科全书式的完整结构。由此想起，现在多数论述《史记》的著作，都要用“无韵之《离骚》”来做归纳，实在很不妥当。《离骚》是个人抒情之作，真不该拿来比附《史记》这样庞大的实体工程，因为这对《史记》和《离骚》都不公平。试想，如果把昆仑山脉说成是“无松之黄山”，是不是有点怪异？那好像是鲁迅在厦门大学课堂里的随口一说，生前也没有出版过，如果知道现在竟如此流行，他一定会感到尴尬。

不管怎么说，《史记》早已远远超越个人而成为全部中国文化的地标式构建。一个蒙受最大屈辱的伤残之人能靠一人之力完成这样的构建，证明在地狱之门背后，可以有无边无涯的精神天地。

现在我终于要转过身来，面对地狱的制造者了。

而且，不仅仅是司马迁的一座地狱，还包括任安的地狱和其他很多地狱。

他，就是汉武帝刘彻。

说起来，汉武帝算得上是中国古代所有帝王中的佼佼者。他强化封建专制，削弱地方割据，解除匈奴威胁，开辟丝绸之路，开发西南地区，确认儒学正统……，终于建立起了空前强大的汉帝国。这一来，一个“汉”字重似千钧，“秦人”改称“汉人”，华夏民族统称为“汉族”。其功绩之大，足以彪炳千古。

然而，就在这种情况下，一架庞大的天平出现了。天平的一边，是无数的功绩，无限的权力，无边的体制，无量的赞誉；而天平的另一边，则是一个孤独的人。这架天平，怎么有可能平衡？

结果，天平剧烈晃荡。

汉武帝十六岁称帝，三十七岁时已经大致战胜匈奴，四十岁开始大兴土木建造宫殿，而到五十七岁，他下令阉割了司马迁，成了摧残中国伟大学者的地狱。杀害任安，则是八年后的事，汉武帝已经六十五岁了，离他去世还有四年。

照理，汉武帝脑子很清晰，应该听得明白那天司马迁表面上在为败将李陵说几句话，实际上是在宽慰盛怒中的自己。但他却无端地怀疑，司马迁有可能在影射与自己有亲属关系的另一位将军李广利，立即做出了匪夷所思的残忍判决。这是为什么？

答案是，长期的专制集权，使他产生了一系列不正常的超限度敏感，并由此转向多疑和暴怒。

乍一看，超敏、多疑、暴怒，好像是专制集权的强化，其实却泄露了深层次的脆弱和恐惧。试想在早期，同样是他，在派遣张骞，指挥卫青、霍去病的时代，怎么可能为一个文官的几句温和语言，而暴跳如雷？然而，当下的他，已经很不自信。他知道长年的穷兵黩武、好大喜功已经造成了“民力屈，财用竭”，“天下虚耗，人复相食”的局面，他知道在人们越来越响的称颂声中已经包含着越来越多的抱怨和疑问。由于是彻底集权，他又无法把这一切责任推给别人，因此只能恼羞成怒。

汉武帝下令阉割司马迁，其实是阉割了自己的政治气格。

至于杀害任安，则牵涉到汉武帝的另一个政治噩梦。

汉武帝像很多陷于衰势的集权者一样，越来越迷信方士神巫。他深信一种起自民间的“巫蛊”之术会左右朝廷政治，便任命江充全面追稽，严刑逼供，造成数万人冤死。江充已把矛头指向太子刘据，刘据不得不起兵反抗江充，但汉武帝站在江充一边，致使太子兵败自杀。

事过之后追究太子同党，汉武帝认定任安“持两端”、“怀两心”，而判决“腰斩”。这就是我前面所说的任安的地狱。司马迁得知判决后，就写了这封《报任安书》。

但不久之后汉武帝就发现太子起兵只是被迫，便立即反过来灭了江充家族和同党，并在太子去世的地方筑起“思子宫”，以示悼念。由此可知，这位政治强人晚年的心理变态，已到了什么地步。

终于，在逼死太子、腰斩任安、制造万人冤案的两年之后，公元前八十九年，汉武帝公开对群臣宣布：

朕即位以来，所为狂悖，使天下愁苦，不可追悔。自今事有伤害百姓、靡费天下者，悉罢之。

同时，他又发布了“陈既往之悔”的《轮台罪己诏》，宣布不再将西域的战争升级，而转向“思富养民”。他在诏书中说，轮台那个地方，从车师（今属吐鲁番）往西还有千余里，那么远的距离，还要派兵去烽燧戍边，又要遣送老弱孤独者屯垦，实在是“扰劳天下”，并非为民。因此决定，“由是不复出军”。

这个打了半个世纪仗的战争帝王，终于为了民生，投身和平。

发表这个《轮台罪己诏》之后才一年多，汉武帝就去世了。幸好，这个强悍生命在熄灭之前留下了这么浓重的“罪己”举动。这使他又比其他专制帝王高出了一截。

当然，汉武帝没有对阉割司马迁、腰斩任安的事发表“罪己诏”。他早就为这些暴行后悔了，却认为是小事，不必公开检讨。

其实，历代帝王不懂，不管是你们声泪俱下的“罪己诏”，还是声色俱厉的这个诏、那个诏，在历史典籍中，只是一些无足轻重、随手可删的零碎素材。就连你们声势浩大的征战地图，至多也只是历史典籍边上的几笔粗疏线条，还未必能挤进插页。

无论在过去还是未来，无论在国家图书馆还是家庭藏书室，有关中华文化，书架上占据最醒目地位的，总是厚厚一排《史记》。《史记》中飘出一道平静而忧郁的目光，谁都知道，这目光来自两千多年前。这道目光完全不在于宏伟宣言、大小排场，只在乎天道、人心、民生、文明。

这道目光曾经穿越过一座座地狱，最终成了至高的历史审判者。

它一直被压在权力底层，因此洞悉权力，终于成了让一切掌权者猝不及防的最后权力。

我们所说的“大文化”，即与此有关。

《兰亭集序》今译

《兰亭集序》，以书法而著名。很多文人毕生都在临摹它，却对这短短三百多字的文理，不甚了然。开头一段对兰亭盛会的描写都能读懂，但对于从“夫人之相与”开始的议论，却混沌模糊了。其实这是魏晋名士们的言谈范例，王羲之写得还不算太玄，只是沿袭一时之习，凭着一些宏大的流行话语，做一些随意而放松的笔墨感叹。没想到，居然把笔墨感叹写得无比美丽。我译了一下，以求对得起那番不朽的书法奇迹，对得起那支庞大的临摹队伍。

永和九年，正值癸丑，暮春之初，在会稽山阴的兰亭，有一个名为“修禊”的聚会。众多贤达之士，不分老少都来了。

这个地方，既有崇山峻岭，茂林修竹，又有清湍溪流，环绕左右。把酒杯放在溪流上，大家依次而坐，玩起了“流觞曲水”的游戏。

虽然没有丝竹管弦，但在一觞酒、一首诗之间，也足以畅叙幽幽心情。今日天气清朗，春风和畅，抬头看宇宙之大，低头看万物之盛，目光在上下游动，襟怀在纵横驰骋，视听的愉悦已达到极致，真是让人快乐。

人之相处，俯仰一世，有的只取自己怀抱，总在室内谈论；有的寻求外在寄托，总是放浪形骸。虽然差别万殊，动静不同，但是正当他们为所遇而高兴，为所得而满意，十分快然自足的时候，却不知老之将至。

终于对所遇所得产生厌倦，心情就随之变迁，感慨也随之而来。是啊，原先的种种向往，俯仰之间已成陈迹，对此尚且不能不感怀，更何况寿命都由天定，迟早总会结束。古人说："死与生是一件真正的大事。"对此，谁能不悲痛？

每次领受前人发出这种感慨的缘由，总觉得深契于心，没有一次不对着文章叹息，却不能悟之于怀。固然，混同生死之界颇为虚诞，无视寿数长短也是愚妄，但毕竟岁月易逝，后代看今天，就像我们今天看古人。这么一想，难免心生悲怆。

所以，我们要记下今天聚会的名单，抄录大家所作的诗文。尽管世事总是大变，但人间的感慨大致相同。如果后人读到这些诗文，应该都会有所感应。

《兰亭集序》原文

王羲之

永和九年，岁在癸丑。暮春之初，会于会稽山阴之兰亭，修禊事也。群贤毕至，少长咸集。

此地有崇山峻岭，茂林修竹，又有清流激湍，映带左右，引以为流觞曲水，列坐其次。

虽无丝竹管弦之盛，一觞一咏，亦足以畅叙幽情。是日也，天朗气清，惠风和畅。仰观宇宙之大，俯察品类之盛，所以游目骋怀，足以极视听之娱，信可乐也。

夫人之相与，俯仰一世。或取诸怀抱，悟言一室之内；或因寄所托，放浪形骸之外。虽趣舍万殊，静躁不同，当其欣于所遇，暂得于己，快然自足，曾不知老之将至。

及其所之既倦，情随事迁，感慨系之矣。向之所欣，俯仰之间，已为陈迹，犹不能不以之兴怀；况修短随化，终期于尽。古人云："死生亦大矣。"岂不痛哉！

每览昔人兴感之由，若合一契，未尝不临文嗟悼，不能喻之于怀。固知一死生为虚诞，齐彭殇为妄作，后之视今，亦犹今之视昔，悲夫！

故列叙时人，录其所述。虽世殊事异，所以兴怀，其致一也。后之览者，亦将有感于斯文。

《归去来兮辞》今译

回去吧，田园就要荒芜，为什么还不回去？

既然是自己把心灵交给了身体，那又为何还要独自惆怅和悲哀？

过去已经无法挽回，未来还是可以追赶。其实迷路并未太远，我已经明白今天的选择，昨天的遗憾。

船，轻轻地在水中摇晃。风，飘飘地吹拂着衣裳。我向行人问路，但路上，晨光还只是微微透亮。

终于看见了横木的家门，我心中一喜就把步子加快。童仆前来迎接，稚子等在门边。小路已经荒蔓，松菊却还依然。我牵着幼子入室，发现酒樽已经斟满。取出壶觞自饮自酌，看看庭院中的树木我不禁开颜。倚凭南窗我又生傲然，反观这小小的容膝之地倒让我收心而安。

每天在园中散步成趣，虽然有门却长闭长关。握着手杖走走停停，却经常抬起头来仰望长天。看见那云，无意间飘离了山坳；再看那鸟，飞倦了还自己回返。日光昏昏将要入山，手抚孤松徘徊盘桓。

回去吧，我会断绝一切交游。世道与我不合，再驾车出去又有何求？只爱听亲戚们真情闲聊，乐于在琴弦和书页间悠然消忧。农人告诉我春天来了，将会忙着去西边的田畴。有时我也会乘上遮篷小车，有时我也会划出孤独小舟，有时我也会探寻幽深沟壑，有时我也会攀登崎岖山丘。一路上，只见草木欣欣向荣，泉水涓涓而流。真羡慕天下万物皆得天时，只感叹我的生命已走向尽头。

算了吧，寄身宇内能有几时，不如随心任其去留。何苦成日遑遑不知往哪里走，富贵非我所愿，仙境更不可求。等天气好时独自遛遛，或者插了手杖下到田里做做帮手。登上东边的高冈舒喉长啸，对着清澈的水流赋诗几首。姑且应顺天意终结一生，乐天知命何须疑虑忧愁。

《归去来兮辞》原文

陶渊明

归去来兮，田园将芜胡不归？

既自以心为形役，奚惆怅而独悲？悟已往之不谏，知来者之可追。实迷途其未远，觉今是而昨非。

舟遥遥以轻飏，风飘飘而吹衣。问征夫以前路，恨晨光之熹微。

乃瞻衡宇，载欣载奔。僮仆欢迎，稚子候门。三径就荒，松菊犹存。携幼入室，有酒盈樽。引壶觞以自酌，眄庭柯以怡颜。倚南窗以寄傲，审容膝之易安。

园日涉以成趣，门虽设而常关。策扶老以流憩，时矫首而遐观。云无心以出岫，鸟倦飞而知还。景翳翳以将入，抚孤松而盘桓。

归去来兮，请息交以绝游。世与我而相违，复驾言兮焉求？悦亲戚之情话，乐琴书以消忧。农人告余以春及，将有事于西畴。或命巾车，或棹孤舟。既窈窕以寻壑，亦崎岖而经丘。木欣欣以向荣，泉涓涓而始流。善万物之得时，感吾生之行休。

已矣乎！寓形宇内复几时？曷不委心任去留？胡为乎遑遑欲何之？富贵非吾愿，帝乡不可期。怀良辰以孤往，或植杖而耘耔。登东皋以舒啸，临清流而赋诗。聊乘化以归尽，乐夫天命复奚疑！

附论：田园何处

一

乱世的文脉，在层次上要比其他时代复杂得多，因为有更多的断裂，更多的突破，更多的反叛，随之也有更多的精彩。

你看，我们要衡量曹操和诸葛亮这两个人在文化上的高低，就远不如对比他们在军事上的输赢方便，因为他们的文化人格判然有别，很难找到统一的数字化标准。但是，如果与后来那批沉溺于清谈、喝酒、吃药、打铁的魏晋名士比，他们两个人的共性反倒显现出来了。不妨设想一下，他们如果多活一些年月，听到了那些名士的清谈，一定完全听不懂，很可能回过头来对着昔日疆场的对手耸耸肩。这种情景就像当代两位年迈的将军，不管曾经举着不同的旗帜对抗了多少年，今天一脚陷入孙儿们的摇滚乐天地，才发现真正的知音还是老哥儿俩。

然而，如果再放宽视野，引出另一个异类，那么就会发现，连曹操、诸葛亮与魏晋名士之间也有共同之处了，例如，他们都名重一时，他们都意气高扬，他们都喜欢扎堆，而我们要引出的异类正相反，鄙弃功名，追求无为，固守孤独。

他，就是陶渊明。

于是，我们眼前出现了这样的重峦叠嶂——

第一重，慷慨英雄型的文化人格；

第二重，游戏反叛型的文化人格；

第三重，安然自立型的文化人格。

这三重文化人格，层层推进，逐一替代，构成了那个时期文化演进的深层原因。

其实，这种划分也进入了寓言化的模式，历史上几乎每一个文化转型期都会出现这几种人格类型的转换。

深刻意义上的文化史，也就是集体人格转换史。

二

不同的文化人格，在社会上被接受的程度很不一样。正是这种不一样，决定了一个民族、一个社会的素质。

一般说来，在我们中国，最容易接受的，是慷慨英雄型的文化人格。

这种文化人格，以金戈铁马为背景，以政治名义为号召，以万民观瞻为前提，以惊险故事为外形，总是特别具有可讲述性和可鼓动性。正因为这样，这种文化人格又最容易被民众的口味所改造，而民众的口味又总是偏向于夸张化和漫画化的。例如我们最熟悉的三国人物，刘、关、张的人格大抵被夸张了其间的道义色彩而接近于圣，曹操的人格大抵被夸张了其间的邪恶成分而接近于魔，诸葛亮的人格大抵被夸张了其间的智谋成分而接近于仙（鲁迅说“近于妖”），然后变成一种易读易识的人格图谱，传之后世。

有趣的是，民众的口味一旦形成就相当顽固。这种乱世群雄的漫画化人格图谱会长久延续，即便在群雄退场之后，仍然对其他人格类型保持着强大的排他性。中国每次社会转型，总是很难带动集体文化人格的相应推进，便与此有关。

中国民众最感到陌生的，是游戏反叛型的文化人格。

魏晋名士对于三国群雄，是一种反叛性的脱离。这种脱离，并不是敌对。敌对看似势不两立，其实大多发生在同一个语法系统之内，就像同一盘棋中的黑白两方。魏晋名士则完全离开了棋盘，他们虽然离三国故事的时间很近，但对那里的血火情仇已经毫无兴趣。开始，他们是迫于当时司马氏残酷的专制极权采取“佯谬”的方式来自保，但是这种“佯谬”一旦开始就进入了自己的逻辑，不再去问社会功利，不再去问世俗目光，不再去问礼教规范，不再去问文坛褒贬。如此几度不问，等于几度隔离，他们在宁静和孤独中发现了独立精神活动的快感。

从此开始，他们在玄谈和奇行中，连向民众做解释的过程也舍弃了。只求幽虚飘逸，不怕惊世骇俗，沉浮于一种自享自足的游戏状态。这种思维方式，很像二十世纪德国布莱希特提倡的“间离效果”，或曰“陌生化效果”。在布莱希特看来，人们对社会事态和世俗心态的过度关注，是深思的障碍、哲学的坟墓。因此，必须追求故意的间离、阻断和陌生化。

我发觉即使是今天的文化学术界，对于魏晋名士的评价也往往包含着很大的误解。例如，肯定他们的，大多着眼于他们“对严酷社会环境的侧面反抗”。其实，他们注重的是精神主体，对社会环境真的不太在意，更不会用权谋思维来选择正面反抗还是侧面反抗。否定他们的，总是说他们“清谈误国”。其实，精神文化领域的最高标准永远不应该是实用主义，这些文人的谈论虽然无助于具体社会问题的解决，却把中国文化的形而上部位打通了，就像打通了仙窟云路。一种大文化，不能永远匍匐在“立竿见影”的泥土上。

以魏晋名士为代表的游戏反叛型文化人格，直到今天还常常能够见到现代化身。每当文化观念严重滞后的历史时刻，一些人出现了，他们绝不和种种陈旧观念辩论，也不把自己打扮成受害者或反抗者的形象，而只是在社会一角专注地做着自己的事，唱着奇奇怪怪的歌，写着奇奇怪怪的诗，穿着奇奇怪怪的服装，说着奇奇怪怪的话。他们既不正统，也不流行。当流行的风潮撷取他们的局部创造而风靡世间的时候，他们又走向了孤独的小路。随着年岁的增长、家庭的建立，他们迟早会告别这种生态，但他们一定不会后悔，因为正是那些奇奇怪怪的岁月，使他们成了文化转型的里程碑。

当然，这里也会滋生某种虚假。一些既没有反叛精神又没有游戏意识的平庸文人常常会用一些故作艰深的空谈，来冒充魏晋名士的后裔，或换称现代主义的精英，而且队伍正日见扩大。要识破这些人并不难，因为什么都可以伪造，却很难伪造人格。魏晋名士再奇特，他们的文化人格还是强大而响亮的。

三

对于以陶渊明为代表的安然自立型的文化人格，中国民众不像对魏晋名士那样陌生，也不像对三国群雄那样热络，处在一种似远似近、若即若离的状态之中。

这就需要多说几句了。

现在有不少历史学家把陶渊明也归入魏晋名士一类，可能有点儿粗略。陶渊明比曹操晚了二百多年。他出生的时候，阮籍、嵇康也已经去世一百多年。他与这两代人，都有明显区别。他对三国群雄争斗权谋的无果和无聊，看得很透，这一点与魏晋名士是基本一致的。但细加对比，他会觉得魏晋名士虽然喜欢老庄却还不够自然，在行为上有点儿故意，有点儿表演，有点儿“我偏要这样”的做作，这就与道家的自然观念有了很大的距离。他还会觉得，魏晋名士身上残留着太多都邑贵族子弟的气息，清谈中过于互相依赖，又过于在乎他人的视线，而真正彻底的放达应该进一步回归自然个体，回归僻静的田园。

这样一个陶渊明，民众也不容易接受。他的言辞非常通俗，但民众不在乎通俗，而在乎轰动。民众还在乎故事，而陶渊明又恰恰没有故事。

因此，陶渊明理所当然地处于民众的关注之外。同时，他也处于文坛的关注之外，因为几乎所有的文人都学不了他的安静，不敢正眼看他。他们的很多诗文其实已经受了他的影响，却还是很少提他。

到了唐代，陶渊明还是没有产生应有的反响。好评有一些，比较零碎。直到宋代，尤其是苏东坡，才真正发现陶渊明的光彩。苏东坡是热闹中人，由他来激赞一种远年的安静，容易让人信任。细细一读，果然是好。于是，陶渊明成了热门。

由此可见，文化上真正的高峰是可能被云雾遮盖数百年之久的，这种云雾主要朦胧在民众心间。大家只喜欢在一座座土坡前爬上爬下、狂呼乱喊，却完全没有注意那一抹与天相连的隐隐青褐色，很可能是一座惊世高峰。

陶渊明这座高峰，以自然为魂魄。他信仰自然，追慕自然，投身自然，耕作自然，再以最自然的文笔描写自然。

请看：

结庐在人境，
而无车马喧。
问君何能尔？
心远地自偏。
采菊东篱下，
悠然见南山。
山气日夕佳，
飞鸟相与还。
此中有真意，
欲辨已忘言。

这首诗非常著名。普遍认为，其中“采菊东篱下，悠然见南山”两句表现了一种无与伦比的自然生态意境，可以看成陶渊明整体风范的概括。但是王安石最推崇的却是前面四句，认为“奇绝不可及”，“有诗人以来，无此句也”。王安石做出这种超常的评价，是因为这几句诗用最平实的语言道出了人生哲理，那就是：在热闹的“人境”也完全能够营造偏静之境，其关键就在于“心远”。

正是高远的心怀，有可能主动地对自己做边缘化处理。而且，即便处在边缘，也还是充满意味。什么意味？只可感受，不能细辨，更不能言状。因此最后他要说：“此中有真意，欲辨已忘言。”

从这里我们不难看出哲理玄言诗的痕迹。陶渊明让哲理入境，让玄言具象，让概念模糊，因此大大地超越了魏晋名士。但是，魏晋名士对人生的思考方位却被他保持住了，而且保持得那么平静、优雅。

他终于写出了自己的归结性思考：

纵浪大化中，
不喜亦不惧。
应尽便须尽，
无复独多虑。

一切依顺自然，因此所有的喜悦、恐惧、顾虑都被洗涤得干干净净，顺便把文字也洗干净了。你看这四句，干净得再也嗅不出一丝外在香气。我年轻时初读此诗便惊叹果然真水无色，后来遇到高龄学者季羡林先生，他告诉我，这几句诗，正是他毕生的座右铭。

“大化”——一种无从阻遏也无从更改的自然巨变，一种既造就了人类又不理会人类的生灭过程，一种丝毫未曾留意任何辉煌、低劣、咆哮、哀叹的无情天规，一种足以裹卷一切、收罗一切的飓风和烈焰，一种抚摩一切又放弃一切的从容和冷漠——成了陶渊明的思维起点。陶渊明认为我们既然已经跳入其间，那么，就要确认自己的渺小和无奈。而且，一旦确认，我们也就彻底自如了。彻底自如的物态象征，就是田园。

四

然而，田园还不是终点。

陶渊明自耕自食的田园生活虽然远离了尘世恶浊，却也要承担肢体的病衰、人生的艰辛。在日趋穷困的境遇下，唯一珍贵的财富就是理想的权利。于是，他写下了《桃花源记》。

田园是“此岸理想”，桃花源是“彼岸理想”。终点在彼岸，一个可望而不可即的终点。

《桃花源记》用娓娓动听的讲述，从时间和空间两度上把理想蓝图与现实生活清晰地隔离开来。这种隔离，初一看是艺术手法，实际上是哲理设计。

就时间论，桃花源的祖先为“避秦时乱”而躲进这里，“不知有汉，无论魏晋”。时间在这里停止了，历史在这里消失了，这在外人看来是一种可笑的落伍和背时，但刚想笑，表情就会凝冻。人们反躬自问：这里的人们生活得那么怡然自得，外面的改朝换代、纷扰岁月，究竟有多少真正的意义？于是，应该受到嘲笑的不再是桃花源中人，而是时间和历史的外部形式。这种嘲笑，对人们习惯于依附着历史寻找意义的惰性，颠覆得惊心动魄。

就空间论，桃花源更是与人们所熟悉的茫茫尘世切割得非常彻底。这种切割，并没有借用危崖险谷、铁闸石门，而是通过另外三种方式。

第一种方式是景象切割。这是一个因美丽而独立的空间，在进入之前就已经是岸边数百步的桃花林，没有杂树，“芳草鲜美，落英缤纷”。那位渔人是惊异于这段美景才渐次深入的。这就是说，即便在门口，它已经与世俗空间在美丑对比上“势不两立”。

第二种方式是心理切割。这是一个祥和安适的心理空间，独立于乱世争逐之外。良田、美地、桑竹、阡陌、鸡犬相闻、黄发垂髫……这正是历尽离乱的人们心中的天堂。但一切离乱又总与建功立业的心理有关。但人们即便把所有的功业心理加在一起，又怎能及得上桃花源中的那些平常景象？很多人说，我们也过着很平常的生活呀。其实，即使是普通民众，也总是在心理上试图摆脱平常状态而参与功利竞争，因此都不是桃花源中人。桃花源之所以成为桃花源，就是在集体心理上不存在对外界的向往。外界，被这里的人们切除了。没有了外界，也就阻断了天下功利体系，完成了自给自足的生态独立和精神独立。

第三种方式可以说得拗口一点儿，叫“不可逆切割”。那位渔人的偶尔进入引动传播，而传播又必然导致异质介入。因此，陶渊明选择了一个更具有哲学深度的结局——桃花源永久地消失于被重新寻找的可能性之外。桃花源中人虽不知外界，却严防外界，在渔人离开前叮嘱“不足为外人道也”。渔人背叛了这个叮嘱，出来时一路留下标记，并且终于让执政的太守知道了。但结果是，太守派人跟着他循着标记寻找，全然迷路。更有趣的是，一个品行高尚的隐士闻讯后也来找，同样失败。陶渊明借此划出一条界限，桃花源并不是一般意义上的隐士天地，那些以名声、学识、姿态相标榜的“高人”，也不能触及它。

这个“不可逆切割”，使《桃花源记》表现出一种近似洁癖的冷然。陶渊明告诉一切过于实用主义的中国人，理想的蓝图是不可以随脚出入的。在信仰层面上，它永远在；在实用层面上，它不可逆。

五

不管是田园还是桃花源，陶渊明都表述得极其浅显易懂，因此在宋代之后也就广泛普及，成为中国文化的通俗话语，但在精神领悟上却始终没有多少人趋近。

例如，我为了探测中国文字在当代的实用性衰变，一直很注意国内新近建造的楼盘宅院的名称，发现大凡看得过去的总与中国古典有关，而其中比较不错的又往往与陶渊明有关，“东篱别业”、“墟里南山”、“归去来居”、“人境庐”、“五柳故宅”……但稍加打量，那里不仅毫无田园气息，而且竞奢斗华。既然如此，为什么还要频频搬用陶渊明呢？我想，这一半是遮盖式的附庸风雅，一半是逆反式的心理安慰。

更可笑的是，很多地方的旅游景点都声称自己就是陶渊明的桃花源。我想，他们一定没有认真读过《桃花源记》。陶渊明早就说了，桃花源拒绝外人寻找，找到的一定不是桃花源。

由今天推想古代，大体可以知道陶渊明在历史上一直处于寂寞之中的原因了。

历来绝大多数中国文人，对此岸理想和彼岸理想都不认真。陶渊明对他们而言，只是失意之后的一种临时精神填补。一有机会，他们又会双目炯炯地远眺三国群雄式的铁血谋略。过一些年头，他们中一些败落者又会踉踉跄跄地回来，顺便吟几句“归去来兮”。

六

我想，这些情景不会使陶渊明难过。他知道这是人性使然、天地使然、大化使然。他不会把自己身后的名声和功用放在心上。

他不在乎历史，但拥有他，却是历史的骄傲。静静的他，使乱世获得了文化定力。因此，他是那个时代的文脉所在。

在陶渊明之后，文事不少，但是中国文化的主脉，却直接指向大唐了。

《送李愿归盘谷序》今译

太行山南面，有一个盘谷。在盘谷间，泉水甘洌，土地肥沃，草木茂盛，居民稀少。有人说，它环在两山之间，所以叫盘。有人说，这个山谷，幽深而险阻，是隐士们的去处。

我的朋友李愿，就住在那里。

为什么住在那里？李愿对我说了这么一番话——

“人们所说的大丈夫，我知道。他们把利益施于他人，得名声显于一时。他们身在朝廷，任免百官，辅佐皇上，发号施令。一旦外出，便竖起旗帜，排开弓箭，武夫开道，随从塞路，负责供给的人捧着物品在道路两边奔跑。他们高兴了，就赏赐；生气了，就刑罚。才俊之士挤满他们眼前，说古道今来歌颂他们的盛德，他们听得入耳，并不厌烦……

“他们身后又有不少女子，曲眉丰颊，声清体轻，秀外慧中，薄襟长袖，施粉画黛。这些女子，列屋闲居，妒宠而又自负，争妍而求爱怜……

“受皇上信任而执事于当今的大丈夫，就是这种行为状态。

“我并不是因为厌恶这一切而逃开，只是命中注定，未曾有幸达到。

“我，贫居山野，登高望远，在茂密的树林下度过整日，在清澈的溪泉间自洗自洁。作息不讲时间，只求舒适安然。

“我想，与其当面备受赞誉，不如背后没有毁谤；与其身体享受快乐，不如内心没有忧愁。这样，就不必在乎车马服饰的等级，不用担心刀锯刑罚的处分，不必关心时世治乱的动静，不必打听官场升降的消息。——这就是不合时世的大丈夫，这就是我。

“如果不是这样，伺候于公卿之门，奔走于权势之途，刚要抬脚就畏缩，刚想开口就嗫嚅，身处污秽而不羞，触犯刑法而获诛，一生都在求侥幸，直到老死方止步。这样做人，究竟是好，还是不好？”

——我韩愈听了李愿的这番话，决定为他壮行。

我为他斟上酒，还为他作了歌——

盘谷啊盘谷，

真是你的地方。

盘谷的泥土，

让你垦稼种粮，

盘谷的溪泉，

让你洗濯游荡，
盘谷的险阻，
让你不必守防。
幽远而深秘，
开廓而空旷，
环绕而曲折，
似往而回向。
盘谷之乐，
乐而无殃。
虎豹远去，
蛟龙遁藏。
鬼神守护，
阻止不祥。
有饮有食寿而康，
知足常乐无奢望。
且为车辆添油膏，
喂罢马匹握住缰，
我要随你去盘谷，
终身逍遥复徜徉。

《送李愿归盘谷序》原文

韩愈

太行之阳有盘谷。盘谷之间，泉甘而土肥，草木丛茂，居民鲜少。或曰："谓其环两山之间，故曰'盘'。"或曰："是谷也，宅幽而势阻，隐者之所盘旋。"

友人李愿居之。

愿之言曰："人之称大丈夫者，我知之矣。利泽施于人，名声昭于时。坐于庙朝，进退百官，而佐天子出令。其在外，则树旗旄，罗弓矢，武夫前呵，从者塞途，供给之人，各执其物，夹道而疾驰。喜有赏，怒有刑。才畯满前，道古今而誉盛德，入耳而不烦。曲眉丰颊，清声而便体，秀外而惠中，飘轻裾，翳长袖，粉白黛绿者，列屋而闲居，妒宠而负恃，争妍而取怜。大丈夫之遇知于天子，用力于当世者之所为也。吾非恶此而逃之，是有命焉，不可幸而致也。

"穷居而野处，升高而望远，坐茂树以终日，濯清泉以自洁。采于山，美可茹；钓于水，鲜可食。起居无时，惟适之安。与其有誉于前，孰若无毁于其后；与其有乐于身，孰若无忧于其心。车服不维，刀锯不加，理乱不知，黜陟不闻。大丈夫不遇于时者之所为也，我则行之。

"伺候于公卿之门，奔走于形势之途，足将进而趑趄，口将言而嗫嚅，处秽污而不羞，触刑辟而诛戮，侥幸于万一，老死而后止者，其于为人贤不肖何如也？”

昌黎韩愈，闻其言而壮之，与之酒而为之歌曰：“盘之中，维子之宫。盘之土，可以稼。盘之泉，可濯可沿。盘之阻，谁争子所？窈而深，廓其有容；缭而曲，如往而复。嗟盘之乐兮，乐且无殃。虎豹远迹兮，蛟龙遁藏。鬼神守护兮，呵禁不祥。饮则食兮寿而康，无不足兮奚所望？膏吾车兮秣吾马，从子于盘兮，终吾生以徜徉。”

《愚溪诗序》今译

灌水北面，有一条溪，向东流入潇水。有人说，过去有一家姓冉的住在这里，所以这溪也有了姓，叫冉溪；又有人说，这溪可以漂染丝帛，所以按功能叫染溪。

我因愚钝而触罪，被贬到潇水边上，却爱上了这条溪。沿溪水走进去二三里，见到一个景色绝佳处，便安了家。古代有愚公谷，我以溪安家，叫什么呢？当地人还在争论是冉溪还是染溪，看来不能不改个名字了，那就叫愚溪吧。

我又在愚溪边上买了一个小山丘，取名为愚丘；

从愚溪朝东北方向走六十步，有泉水，我又买了下来，取名为愚泉；

愚泉有六个泉穴，泉水都来自山下平地而向上涌出，合流后弯曲向南，我取名为愚沟；

在愚沟上堆土积石，塞住隘口，取名为愚池；

愚池的东边，建了愚堂；

愚池的南边，盖了愚亭；

愚池的中间，有一个愚岛。

——算一下，共有八愚。这么些错落有致的嘉木异石，都是山水奇迹，却因为我，一起蒙上了“愚”的屈辱。

本来水是智者所乐，为什么眼下这道溪水独独以愚相称?

你看，它水位很低，不能用来灌溉；它水流峻急，又多嶙峋，大船进入不了；它幽深浅狭，蛟龙不屑一顾，因为不能在这里兴云作雨。总之，它不能被世间利用，恰恰与我类似。那么，委屈一下以愚相称，也可以。

春秋时的宁武子说，国家混乱时要变得愚笨，这是聪明人之愚；颜回在听孔子讲述时从不发问，貌似愚笨，这是睿悟者之愚。他们都不是真愚。我生于有道之世，却违背时理，做了傻事。因此要说愚，莫过于我了。这也就是说，天下谁也不能来与我争这条溪，只能由我拥有，由我命名。

但是，回过来说，这溪虽然不能被世间利用，却能映照天下万物。它清莹秀澈的水流，金石铿锵的声音，能使一切愚者喜笑眷恋，乐而忘返。

我虽然与世俗不合，却也能用文墨慰藉自己、洗涤万物、掌控百态，什么也逃不出我的笔下。因此，我今天以愚辞来歌颂愚溪，便觉得茫茫然与此溪相合，昏昏然与此溪同归。超然于鸿蒙混沌，相融于虚静太空，寂寥于无我之境。于是，便作了一首《八愚诗》，刻记在溪石之上。

《愚溪诗序》原文

柳宗元

灌水之阳有溪焉，东流入于潇水。或曰：冉氏尝居也，故姓是溪为冉溪。或曰：可以染也，名之以其能，故谓之染溪。予以愚触罪，谪潇水上。爱是溪，入二三里，得其尤绝者家焉。古有愚公谷，今予家是溪，而名莫能定，土之居者，犹龂龂然，不可以不更也，故更之为愚溪。

愚溪之上，买小丘，为愚丘。自愚丘东北行六十步，得泉焉，又买居之，为愚泉。愚泉凡六穴，皆出山下平地，盖上出也。合流屈曲而南，为愚沟。遂负土累石，塞其隘，为愚池。愚池之东为愚堂。其南为愚亭。池之中为愚岛。嘉木异石错置，皆山水之奇者，以予故，咸以愚辱焉。

夫水，智者乐也。今是溪独见辱于愚，何哉？盖其流甚下，不可以溉灌。又峻急多坻石，大舟不可入也。幽邃浅狭，蛟龙不屑，不能兴云雨，无以利世，而适类于予，然则虽辱而愚之，可也。

宁武子“邦无道则愚”，智而为愚者也；颜子“终日不违如愚”，睿而为愚者也。皆不得为真愚。今予遭有道而违于理，悖于事，故凡为愚者，莫我若也。夫然，则天下莫能争是溪，予得专而名焉。

溪虽莫利于世，而善鉴万类，清莹秀澈，锵鸣金石，能使愚者喜笑春慕，乐而不能去也。予虽不合于俗，亦颇以文墨自慰，漱涤万物，牢笼百态，而无所避之。以愚辞歌愚溪，则茫然而不违，昏然而同归。超鸿蒙，混希夷，寂寥而莫我知也。于是作《八愚诗》，纪于溪石上。

附论：文化溪谷

曾经有“唐宋八大家”的说法，给唐代散文留了两个名额，那就是韩愈、柳宗元。算来算去，也就是这两位了。但他们两位对唐代散文的最大贡献，是发起了所谓“古文运动”，喝阻了流行了几代的恶劣文风。他们忙着防疫、驱瘴、消毒、疗疾、清扫，一时还难于进行大规模的创新。如果以“除弊兴利”这四个字来概括，他们的着力点主要放在前面两个字。自己的散文创作，只是做改革的正面示范。

为什么这两位杰出人物要花费那么大的精力来除弊？因为他们所面对的文化流行病实在太顽强了。不需要什么条件，就能大规模“疯长”，而且世俗追捧，朝廷嘉许，一不留神就已经汹涌澎湃。真正的文化之魂，只能在汹涌澎湃中衰竭、挣扎。

这种文化流行病从汉到唐，一代代生生不息。韩愈、柳宗元只能以更老的朝代来对付，也就是提倡从诸子百家到汉代的健康文风，因此叫“古文运动”，其实不是以古压今，而是以正压邪。

这种文化流行病，直到现代还在得势，那就是由大话、空话、套话、老话、假话合成的排比、对仗、华丽、夸张。上上下下都钻在里面乐此不疲，即便韩愈、柳宗元活过来，也会束手无策。

苏东坡曾经赞扬韩愈的除弊之举，有“文起八代之衰”的功劳，也就是说，用批判之力把中国文学拉出了长期衰竭。但是扭转了衰势未必立即就能出现盛世，因此苏东坡又在另一个地方悄声说，唐代没有什么文章，要说也只有韩愈的那篇《送李愿归盘谷序》。

我也觉得韩愈那些著名的散文，像《原道》、《原性》、《原毁》、《原人》等，都太靠近论文了，缺少文学色彩，倒真是苏东坡说的这篇好得多。

相比之下，比韩愈小五岁的柳宗元，散文成就更高。尤其那些山水游记，把冷僻优美的自然风光描写得极其精致，却又处处融入身心意态，成为历史上同类作品的可爱典范。对比之下，一直被贬于永州、柳州又中年早逝的柳宗元，在文学生态上，比长期在京城为官并担任文坛领袖的韩愈，更纯粹、更真切。柳宗元的山水游记中，特别幽默而又内涵宏大的，是那篇《愚溪诗序》。

韩愈的《送李愿归盘谷序》写了一个盘谷，柳宗元的《愚溪诗序》写了一条愚溪。这一谷一溪，被我称为“文化溪谷”，组合成了一种隐逸精神，与四百多年前的陶渊明遥相呼应。但是，陶渊明毕竟生活在离乱飘摇的东晋，隐逸的理由非常充分；而韩愈、柳宗元则生活在气势宏伟的大唐，隐逸精神就出现了更深刻的逻辑。

简单说来，“衰世隐逸”和“盛世隐逸”的动力和理由是完全不同的，后者更艰难，也更透彻。韩愈、柳宗元两人，一个高官，一个贬官，都不是典型的隐逸者形象，却说出了陶渊明没有说的一些理由，很值得重视。

因此，我既完成了陶渊明的《归去来兮辞》的今译，又完成了韩愈《送李愿归盘谷序》和柳宗元《愚溪诗序》的今译。希望今天的读者，能够连在一起品味。

韩愈是借一个叫李愿的朋友之口，来表述隐逸理由的。这个李愿，对高层官场生态非常熟悉，也没有遇到什么麻烦，却一定要到太行山南面的一个冷清山谷去隐居。

他这样描述高层官场生态："人之称大丈夫者，我知之矣。利泽施于人，名声昭于时。坐于庙朝，进退百官，而佐天子出令。其在外，则树旗旄，罗弓矢，武夫前呵，从者塞途，供给之人，各执其物，夹道而疾驰。喜有赏，怒有刑。才畯满前，道古今而誉盛德，入耳而不烦……"

这段话的今译是：

人们所说的大丈夫，我知道。他们把利益施于他人，得名声显于一时。他们身在朝廷，任免百官，辅佐皇上，发号施令。一旦外出，便竖起旗帜，排开弓箭，武夫开道，随从塞路，负责供给的人捧着物品在道路两边奔跑。他们高兴了，就赏赐；生气了，就刑罚。才俊之士挤满他们眼前，说古道今来歌颂他们的盛德，他们听得入耳，并不厌烦……

确实描写得既真实又生动。那么，为什么要离开呢？韩愈所写的理由是这样的："与其有誉于前，孰若无毁于其后；与其有乐于身，孰若无忧于其心。车服不维，刀锯不加，理乱不知，黜陟不闻。大丈夫不遇于时者之所为也，我则行之。伺候于公卿之门，奔走于形势之途，足将进而趑趄，口将言而嗫嚅，处污秽而不羞，触刑辟而诛戮，侥幸于万一，老死而后止者，其于为人贤不肖何如也？”

这段话其实包含这两个小段落，我的今译如下：

与其当面受到赞誉，不如背后没有毁谤；与其身体享受快乐，不如内心没有忧愁。这样，就不必在乎车马服饰的等级，不用担心刀锯刑罚的处分，不必关心时世治乱的动静，不必打听官场升降的消息。——这就是不合时世的大丈夫，这就是我。

如果不是这样，伺候于公卿之门，奔走于权势之途，刚要抬脚就畏缩，刚想开口就嗫嚅，身处污秽而不羞，触犯刑法而获诛，一生都在求侥幸，直到老死方止步。这样做人，究竟是好，还是不好？

我多么希望，韩愈的这些话，当代高官也能读一读。

韩愈确实说清了“盛世隐逸”的逻辑，也只有深知高层官场生态的人才能写出来。苏东坡把此文评为唐代文章第一，是有道理的。除了文学评鉴之外，苏东坡本人也深知高层官场生态，因而感同身受。

柳宗元其实就是韩愈笔下的那个李愿。韩愈向往隐逸而不得，柳宗元被迫隐逸而得悟。

柳宗元隐逸的地方，有一条溪，他命名为“愚溪”。对此他写道：

“夫水，智者乐也。今是溪独见辱于愚，何哉？盖其流甚下，不可以灌溉，又峻急多坻石，大舟不可入也；幽邃浅狭，蛟龙不屑，不能兴云雨。无以利世，而适类于予，然则虽辱而愚之，可也。”

这段文章，我今译如下——

本来水是智者所乐，为什么眼下这道溪水独独以愚相称？你看，它水位很低，不能来灌溉；它水流峻急，又多嶙峋，大船进入不了；它幽深浅狭，蛟龙不屑一顾，因为不能在这里兴云作雨。总之，它不能被世间利用，恰恰与我类似。那么，委屈一下以愚相称，也可以。

但是，柳宗元毕竟是柳宗元，唐代毕竟是唐代，他的文笔很快就昂扬起来了：“溪虽莫利于世，而善鉴万类，清莹秀澈，锵鸣金石，能使愚者喜笑眷慕，乐而不能去也。予虽不合于俗，亦颇以文墨自慰，漱涤万物，牢笼百态，而无所避之。以愚辞歌愚溪，则茫然而不违，昏然而同归。超鸿蒙，混希夷，寂寥而莫我知也。”

请读一读我对这段文字的今译——

这溪虽然不能被世间利用，却能映照天下万物。它清莹秀澈的水流，金石铿锵的声音，能使一切愚者喜笑眷恋，乐而忘返。

我虽然与世俗不合，却也能用文墨慰藉自己、洗涤万物、掌控百态，什么也逃不出我的笔下。因此，我今天以愚

辞来歌颂愚溪，便觉得茫茫然与此溪相合，昏昏然与此溪同归。超然于鸿蒙混沌，相融于虚静太空，寂寥于未知之境。

你看，这就是韩愈所羡慕的“李愿”，这就是陶渊明所不知道的唐代隐逸者。在这里，隐逸精神已上升为一种天人合一的生命哲学，而自己则是这种生命哲学的掌控者和主宰者。

由此可知，中国文化，在任何角落都能获得升华；中国文人，在任何溪谷都能超凡入圣。

我仅仅以韩愈、柳宗元两人，来鸟瞰唐代散文，又以他们各自一篇文章，来窥测盛世隐逸精神。这种极度精简的做法，也证明了我反复表述过的一个意思：只有狠做减法，才能深入溪谷，访得真神。

《秋声赋》今译

散文而论，宋代超过唐代。首先是欧阳修，然后是比他小三十岁的苏轼。

我选了欧阳修的《秋声赋》。他一上手就以“秋声”写出了大气沛然的好文章，后面有点弱，但结束得及时，也算是难得的佳篇了。相比之下，他的其他几篇有名的文章，虽然把一人、一亭、一堂都写得很精彩，却毕竟黏着得过于具体，受制约了。

我对《秋声赋》做了如下今译——

欧阳子正在夜里读书，听到有声音从西南方向传来，心里一惊，侧耳倾听，不禁自语：“好奇怪呀！”

这声音，初听淅淅沥沥，萧萧飒飒，忽然奔腾澎湃，就像波涛夜惊，风雨骤至。而且，这波涛和风雨似乎还撞到了什么，发出琮琮琤琤的金铁之声。再听，又像是奔赴战场的兵士们衔着禁声之枚疾步而走，没有口令，只有人马行进的声音……

我问书童：“这是什么声音？你出去看看。”

书童看了回来说：“星星、月亮、银河都很明亮，四周并没有人声，声音来自树间。”

我一想就明白了，说：“啊呀，悲哉，这就是秋声，秋天的声音！它，怎么就来了呢？”

要说秋天的相貌，它的颜色有点儿惨淡。烟雾飞动，云岚聚敛，容色清净，天高日明，气息凛冽，砭人肌骨，意态萧条，山川寂寥。因此，它所发出的声音，既凄凄切切，又呼号奋发。虽然绿草还在争茂，佳木依然葱茏，但只要一碰到这种声音，绿草就会变色，佳木就会落叶。究竟是什么力量使草木摧败零落？那就是强大的秋气。

秋天，是季节的执刑官。时序属阴，有用兵之象；五行属金，藏天地刀气，有肃杀之心。天道对于生物，春生而秋实。所以在音乐中，秋音为商，秋律为夷。商为西部之音，指向悲伤；夷为七月之律，指向杀戮。生物老了就会悲伤，生物过盛就会杀戮。

啊，我不禁叹息道，草木无情，还会按时飘零，人为动物，独有灵性，自然会有各种忧愁触心，各种事务劳身。触心和劳身的结果，又必定会损伤精神。更何况，还要去思索那些力所不及的问题，担忧那些智所不能的事情。这当然会使红润的容颜变得如同枯木，乌黑的头发也白斑丛生。我们的身体并无金石之质，怎么可能超越草木而一直茂盛?

真要好好想想，究竟是谁摧残了我们?看来，怨不得这满耳的秋声。

我这样自言自语，书童无从对话，已经垂头打盹。陪我叹息的，是四周墙下的唧唧虫声。

《秋声赋》原文

欧阳修

欧阳子方夜读书，闻有声自西南来者，悚然而听之，曰："异哉！"初淅沥以潇飒，忽奔腾而砰湃，如波涛夜惊，风雨骤至。其触于物也，𪸩𪸩铮铮，金铁皆鸣；又如赴敌之兵，衔枚疾走，不闻号令，但闻人马之行声。余谓童子："此何声也？汝出视之。"童子曰："星月皎洁，明河在天，四无人声，声在树间。"

余曰："噫嘻悲哉！此秋声也，胡为乎来哉？盖夫秋之为状也：其色惨淡，烟霏云敛；其容清明，天高日晶；其气栗冽，砭人肌骨；其意萧条，山川寂寥。故其为声也，凄凄切切，呼号奋发。丰草绿缛而争茂，佳木葱茏而可悦。草拂之而色变，木遭之而叶脱。其所以摧败零落者，乃一气之余烈。夫秋，刑官也，于时为阴；又兵象也，于行为金。是谓天地之义气，常以肃杀而为心。天之于物，春生秋实。故其在乐也，商声主西方之音，夷则为七月之律。商，伤也，物既老而悲伤；夷，戮也，物过盛而当杀。

"嗟夫！草木无情，有时飘零。人为动物，惟物之灵。百忧感其心，万事劳其形。有动于中，必摇其精。而况思其力之所不及，忧其智之所不能？宜其渥然丹者为槁木，黟然黑者为星星。奈何以非金石之质，欲与草木而争荣？念谁为之戕贼，亦何恨乎秋声！”

童子莫对，垂头而睡。但闻四壁虫声唧唧，如助余之叹息。

《前赤壁赋》今译

今译苏轼的前后两篇《赤壁赋》，我心情非常愉快。

读了他的文章，便知道他有理由对唐文骄傲。风物、人事、情节都写得简洁而丰满，由此发出的感慨，又都是横跨时空的超逸思维，而不像别人的文章那样，直接引向一种明确的道理。

他把文章全部溶化在山水宇宙中了，却又始终贯串着一个既泛舟，又攀岩，既喝酒，又唱歌，既感叹，又做梦的人格典型。这个人格典型醉眼蒙眬，逸思高飞，天真好动，心无芥尘，比前面这些文章所隐藏的人格典型都更加可爱，更加阳光，这就是苏轼本人。他用自己的身心创造了一个悖论：无限亲近，又难以企及。

我对这两篇赋的解释，可参读后面的附论《赤壁之劝》。

壬戌年的那个秋天，农历七月十六，我和客人坐船，到赤壁下面游玩。

在风平浪静之间，我向客人举起酒杯，朗诵《明月》之诗，吟唱《窈窕》之章。不一会儿，月亮从东山升起，徘徊于东南星辰之间。白雾横罩江面，水光连接苍穹，我们的船恰如一片苇叶，浮越于万顷空间。眼前是那么开阔，像是要飞到天上，不知停在哪里；身子是那么轻飘，像是要遗弃人世，长了翅膀而成仙。

于是我们快乐地喝酒，拍着船舷唱起了歌。歌中唱道：

桂树为橹，

兰木做桨。

橹划空明，

桨拨流光。

我的怀念，

渺渺茫茫。

心中美人，

天各一方。

有一位客人吹起了洞箫，为歌声伴奏。那呜呜咽咽的声音，像是怨恨，又像是爱慕；像是哭泣，又像是诉说。余音婉转而悠长，就像一缕怎么也拉不断的丝线，简直能让深壑里的蛟龙舞动，能让孤舟里的独女哀泣。

我心中顿觉凄楚，便端正了一下自己的姿态，问那位吹箫的客人："为什么吹成这样？"

那位客人说："月明星稀，乌鹊南飞——这不是曹操的诗句吗？想当年，不也是这个地方，西对夏口，东对鄂州，山环水复，草木苍翠，曹操被周瑜所困？那时候，他刚刚攻下荆州，拿下江陵，顺流东下，战船延绵千里，旌旗遮天蔽日，对着大江饮酒，横握长矛吟诗，真可谓一代豪杰啊，然而，他今天在哪里？

“那就更不必说你我之辈了：捕鱼打柴为生，鱼虾麋鹿做伴，驾着小船出没，捧着葫芦喝酒，既像昆虫寄世，又像小米漂海，哀叹生命短暂，羡慕长江无穷。当然我也想与仙人一样遨游，与月亮一起长存，但明知都得不到，只能把悲伤吐给秋风。”

我听完，就对这位客人说：“你也应该知道水和月的玄机吧。这水，看似日夜流走，其实一直存在；这月，看似时圆时缺，其实没有增减。从变化的角度看，天地之间瞬刻不同；但从不变的角度看，万物和我们都可以永恒，那又有什么好羡慕的呢？

“何况，天地万物各有所属，如果不是我们的，分毫都不该占取。只有江上的清风，山间的明月，经由我们的耳朵而成为声音，经由我们的眼睛而成为色彩，可以尽管取用，怎么也用不完。这是大自然的无穷宝藏，足供你我共享。”

客人听罢，高兴地笑了，洗了杯子，重新斟酒。终于，菜肴果品全都吃完，空杯空盘杂乱一片，大家就互相靠着身子睡觉，直到东方露出曙色。

《前赤壁赋》原文

苏轼

壬戌之秋，七月既望，苏子与客泛舟游于赤壁之下。清风徐来，水波不兴。举酒属客，诵明月之诗，歌窈窕之章。少焉，月出于东山之上，徘徊于斗牛之间。白露横江，水光接天。纵一苇之所如，凌万顷之茫然。浩浩乎如冯虚御风，而不知其所止；飘飘乎如遗世独立，羽化而登仙。

于是饮酒乐甚，扣舷而歌之。歌曰："桂棹兮兰桨，击空明兮溯流光。渺渺兮予怀，望美人兮天一方。"客有吹洞箫者，倚歌而和之。其声呜呜然，如怨如慕，如泣如诉，余音袅袅，不绝如缕。舞幽壑之潜蛟，泣孤舟之嫠妇。

苏子愀然，正襟危坐而问客曰："何为其然也？"客曰："'月明星稀，乌鹊南飞'，此非曹孟德之诗乎？西望夏口，东望武昌，山川相缪，郁乎苍苍，此非孟德之困于周郎者乎？方其破荆州，下江陵，顺流而东也，舳舻千里，旌旗蔽空，酾酒临江，横槊赋诗，固一世之雄也，而今安在哉？况吾与子渔樵于江渚之上，侣鱼虾而友麋鹿，驾一叶之扁舟，举匏樽以相属。寄蜉蝣于天地，渺沧海之一粟。哀吾生之须臾，羡长江之无穷。挟飞仙以遨游，抱明月而长终。知不可乎骤得，托遗响于悲风。"

苏子曰："客亦知夫水与月乎？逝者如斯，而未尝往也；盈虚者如彼，而卒莫消长也。盖将自其变者而观之，则天地曾不能以一瞬；自其不变者而观之，则物与我皆无尽也，而又何羡乎！且夫天地之间，物各有主，苟非吾之所有，虽一毫而莫取。惟江上之清风，与山间之明月，耳得之而为声，目遇之而成色，取之无禁，用之不竭，是造物者之无尽藏也，而吾与子之所共适。"

客喜而笑，洗盏更酌。肴核既尽，杯盘狼籍。相与枕藉乎舟中，不知东方之既白。

《后赤壁赋》今译

这年十月十五，我从雪堂出发，回临皋去。两位客人跟着我，过黄泥坂。那是霜降季节，树叶已经落尽。见到自己的身影在地上，便仰起头来看月亮，不禁心中一乐，就边走边唱，互相应和。

走了一会儿，我随口叹道："有客而没有酒，有酒而没有菜肴，这个美好的夜晚该怎么度过？"一位客人说："今天傍晚，我网到一条鱼，口大鳞细，很像松江鲈鱼。但是，到哪儿去弄酒呢？"我急忙回家与妻子商量。妻子说："我有一斗酒，藏很久了，就是准备你临时需要的。"

于是我们带了酒和鱼，又一次来到赤壁之下。那儿，江流声声，岸壁陡峭。因为山高，月亮被比得很小。水位下落，两边坡石毕露。与上次来游，才隔多久，景色已经变得认不出来了。

我撩起衣服，踏着山岩，拨开茂草，蹲上形如虎豹的巨石，跨过状如虬龙的古木，攀及禽鸟筑巢的大树，俯瞰深幽难测的长江。两位客人跟不上我，便尖声长啸。他们的声音震动了草木，震荡着山谷，像是一阵风，吹起了波浪。我突然忧伤，深感恐慌，觉得不能在这里停留。

下到船上，漂在江中，不管它停在哪里，歇在何处。快到半夜了，四周一片寂静。忽然看到一只孤鹤越过大江从东边飞来，翅膀像轮子一样翻动，身白尾黑，长鸣一声从我们船上飞过，向西而去。

一会儿客人走了，我也就入睡了。梦见一个道士，穿着羽毛般的衣服飘然而到临皋，拱手对我说："赤壁之游，快乐吗？"问他姓名，他低头不答。我说："啊呀，我知道了。昨天半夜从我头顶飞鸣而过的，就是你吧？"道士笑了，我也醒了。开门一看，什么也没有。

《后赤壁赋》原文

苏轼

是岁十月之望，步自雪堂，将归于临皋。二客从予，过黄泥之坂。霜露既降，木叶尽脱。人影在地，仰见明月。顾而乐之，行歌相答。

已而叹曰："有客无酒，有酒无肴，月白风清，如此良夜何？"客曰："今者薄暮，举网得鱼，巨口细鳞，状似松江之鲈。顾安所得酒乎？"归而谋诸妇。妇曰："我有斗酒，藏之久矣，以待子不时之须。"

于是携酒与鱼，复游于赤壁之下。江流有声，断岸千尺；山高月小，水落石出。曾日月之几何，而江山不可复识矣。

予乃摄衣而上，履巉岩，披蒙茸，踞虎豹，登虬龙，攀栖鹘之危巢，俯冯夷之幽宫。盖二客不能从焉。划然长啸，草木震动，山鸣谷应，风起水涌。予亦悄然而悲，肃然而恐，凛乎其不可久留也。

反而登舟，放乎中流，听其所止而休焉。时夜将半，四顾寂寥。适有孤鹤，横江东来，翅如车轮，玄裳缟衣，戛然长鸣，掠予舟而西也。

须臾客去，予亦就睡。梦一道士，羽衣蹁跹，过临皋之下，揖予而言曰："赤壁之游乐乎？"问其姓名，俯而不答。"呜呼！噫嘻！我知之矣。畴昔之夜，飞鸣而过我者，非子也耶？"道士顾笑，予亦惊悟。开户视之，不见其处。

附论：赤壁之劝

对苏东坡，我已经写得太多，说得太多。再说，连自己也不好意思了。

但是，忍不住，还想说几句。

苏东坡一生穿越过很多“州”：眉州、杭州、徐州、湖州、黄州、颍州、扬州、惠州、儋州、常州。但我最在意的，还是黄州。因为这是他受到首次沉重打击后的流放地，也是他终于成为中国顶级文豪的台阶所在。在黄州之前，能与他比肩的人还有几个，但在黄州之后，就很难找到了。

黄州这个台阶，有一堵实实在在的巨大岩石叫赤壁，《念奴娇·赤壁怀古》就写那个地方。

有的历史学家证明，赤壁之战不是在这里打的，苏东坡搞错了地方。我曾笑着说，如果曹操、诸葛亮、周瑜预先知道将有这么一首千古佳作，他们宁肯事先换一个地方来打，因为千古佳作远比任何一场战役重要。

那场真实的赤壁之战，在军事历史上只能排在第六排或第七排，却因为文学艺术，前移到了第一排。其实在民众心里，在乎的也不是历史真实，而是历史感慨。历史学家生气也没有用，因为在历史学上面，还有一种更伟岸的文化人类学，它站在苏东坡和江边万民一边。

此刻我倒要动用一下“历史真实”，说一个准确的日期。公元一〇八二年七月十六日夜间，苏东坡约了几个朋友，雇了一条船，又来到了赤壁之下。

江上风光很好，有一个客人吹起了洞箫。呜呜咽咽，如泣如诉。苏东坡问：“为什么吹成这样？”

吹箫的客人就说起了三国战事，感叹一代豪杰都无影无踪，像我们这样的蝼蚁之辈，虽有幻想却什么也得不到，只能把悲伤吐给秋风。

——这是世人常叹、诗人共感，但是苏东坡却要对这位吹箫的客人做出规劝，后来，又把这番规劝写入了《前赤壁赋》。

现代读者粗心，大多没有听懂苏东坡的规劝。但是，如果不仔细听一听那天夜晚他江上的声音，我们就不会明白他为什么在那么狼狈的流放地能够傲世独立而成为一代伟人。

苏东坡规劝的原文是：“客亦知夫水与月乎？逝者如斯，而未尝往也；盈虚者如彼，而卒莫消长也。盖将自其变者而观之，则天地曾不能以一瞬；自其不变者而观之，则物与我皆无尽也，而又何羡乎！且夫天地之间，物各有主，苟非吾之所有，虽一毫而莫取。惟江上之清风，与山间之明月，耳得之而为声，目遇之而成色，取之无禁，用之不竭，是造物者之无尽藏也，而吾与子之所共适。”

这段话虽然不长，却讲了两种哲学：“变”的哲学、“有”的哲学。

世人的伤心，诗人的愁思，都与这两种哲学有关。大多是叹息世事巨变，物是人非，由有而无，触目皆空。对此，苏东坡进行了开导。

他说的第一段，是“变”的哲学，我翻译了一下——

你也应该知道水和月的玄机吧。这水，看似日夜流走，其实一直存在；这月，看似时圆时缺，其实没有增减。从变化的角度看，天地之间瞬刻不同；但从不变的角度看，万物和我们都可以永恒，那又有什么好羡慕的呢？

他说的第二段，是“有”的哲学，我的翻译是——

天地万物各有所属，如果不是我们的，分毫都不该占取。只有江上的清风，山间的明月，经由我们的耳朵而成为声音，经由我们的眼睛而成为色彩，可以尽管取用，怎么也用不完。这是大自然的无穷宝藏，足供你我共享。

这两段哲学，来自于佛家和道家，经苏东坡安置在月夜赤壁之下，安置在美妙文词之中，两番哲思也变得通俗易懂、赏心悦目。

你们不是抱怨世事巨变、物是人非吗？他举了水和月的例子，说明变而有存，变而有恒。这让人想起《心经》里所说的“不生不灭，不垢不净，不增不减”。既然我们和万物一样都无穷无尽，那又为什么要去羡慕别的所谓“不变”呢？

你们不是抱怨自己两手空空、一无所有吗？他说，你所没有的，本不属于你，分毫都不该占取。但是你非常富有，因为你拥有江上的清风、山间的明月，可以尽管取用，而且怎么也用不完。

苏东坡劝大家用生命溶入山水大地的全部蕴藏。正是这种最博大的溶入，驱逐了世上的你争我夺。

由此看来，《前赤壁赋》确实体现了佛家的基本含义。

《后赤壁赋》，则以道家思维进入象征。

这次同样是游赤壁，却爬到岩石上去了。这是对“入世”的象征，你看看有多么麻烦。请读今译——

我撩起衣服，踏上山岩，拨开茂草，蹲上形如虎豹的巨石，跨过状如虬龙的古木，攀及禽鸟筑巢的大树，俯瞰深幽难测的长江。两位客人跟不上我，便尖声长啸。他们的声音震动了草木，震荡着山谷，像是一阵风，吹起了波浪。我突然忧伤，深感恐慌，觉得不能在这里停留。

你看，这句句话，都是借着黑夜攀岩，来映射人生。人生之险峻，人生之互吓，人生之忧伤，全写到了。因此他希望离开，躲到自己的船中。

半夜中，看到一只孤鹤横空而过，入睡后才在梦中知道，那只孤鹤就是道士。

道家的孤鹤一出现，那些山岩、巨石、古木、大树都不可怕了，因为道家会把这一切超越和消解。灵巧的飞动，嘲笑着江岩的顽固；

银亮和白色，划破了浓重的夜色。

即使没有那首《念奴娇·赤壁怀古》，仅从前、后《赤壁赋》，我们也能断言苏东坡不会在黄州萎黄。相反，他会让整个中国文化重新获得高层感悟。

直到今天，赤壁之劝，还声声入耳。何谓中国人最向往的“达观”？请读赤壁两赋。

《文心雕龙》简释

一

我在分析中国最有代表性的几宗美学极品时，曾以“实体美学”和“虚拟美学”的区别来揭示中国美学思维的一大特征。其实，除立足“实体美学”之外，中国文化史上也有不少思维完整的美学论述，其中有一部著作还体制宏大，那就是《文心雕龙》。有的研究者把它与古希腊亚里士多德的美学著作《诗学》相提并论，动机可以理解的，却很不恰当。

我觉得这些研究者的障碍，不是不了解《文心雕龙》，而是不了解西方美学史。其实在西方美学史上，也有可以与《文心雕龙》比较的对象，容我在本文的结尾处再说。

我研究中国古代美学几十年，对《文心雕龙》一直不太重视。一个原因是，它出现在公元五世纪和六世纪的交接期，当然还没有可能把中国审美文化最灿烂的勃发期唐代纳入研究对象，因此缺失了美学思维的伟大基座。这对于以实际作品为坐标的中国美学来说，遗憾更大。

另一个原因是，它所说的“文”，常常以骈文为对象。骈文讲究对偶、声律、用典、堆砌、华丽，正是唐代韩愈、柳宗元发起的“古文运动”所竭力反对的。唐代之后几乎所有的高层文化群体，都站在韩愈、柳宗元一边。麻烦的是，《文心雕龙》正是用精致的骈文写成。

我本人，从来不喜欢骈文，因此即便在文辞阅读上也很难与它亲近。每次拿起书本，很快就会引发“骈俪倦怠症”，宁肯转而去诵读更古、更玄的《周易》、《老子》、《庄子》。

但是，就在这种长时间的不重视、不亲近之中，我隐隐又觉得有点抱歉。因为再多的局限性也掩盖不了一个更大的事实，那就是，《文心雕龙》与更早的曹丕的《典论·论文》一起，标志着中国文学正在经历着一场意义不小的自我发现。在这之前，文学佳作虽然也有不少，但文学功能却主要被看作是一种表述方式、一种传播手段、一种抒发形态。到了这时，文学才被当作一个独立而完整的研究对象，既有了来龙去脉的梳理，又有了前前后后的比较。也就是说，中国文学由此产生了理性自觉。

既然是首度自我发现，那就弥足珍贵。即便存在种种缺憾，也是一个美学起点。

而且，后来当人们经历了唐、宋、元、明、清，穿越了一个个相当成熟的文学艺术发达期，却一直没有出现像《文心雕龙》这样格局完整、“体大虑周”的文论著作。于是，它作为美学起点也就成了美学基点。

我深知当代读者与《文心雕龙》作者刘勰的话语方式和思维方式之间，已经山高路远，更不容易接受以骈文写成的理论著作。但是，我内心还是很想让大家领略《文心雕龙》的一些高雅气息。因为这对于体认中国美学风范，具有一种“元典”意义上的补偿作用。即便仅仅是“气息”，也与我们的生命有关。

《文心雕龙》中有大量文体论、文技论的篇章，存在明显的时代局限，不少史论也未免视野局促。这些内容，当代读者的大多数只需匆匆浏览，恭敬让过，然后把注意力集中于一些有关艺术创作的论述。我的这篇简释，可以在这方面做一个引导。

因为原文是骈文，读起来有很多“精美的绊脚石”，所以我的引导必须承担一个最艰苦的重任，那就是译述。我对一切古代经典的译述与别人的译注不同，特别重视古今语言节奏之间的呼应和互馈。因此，译出来的现代散文具有疏浚理脉、文脉的性质。我让两种文字进行近距离的对比，顺便也可让当代读者得知骈文的强项和弱项，有些趣味。

二

那就开始第一段吧，也就是整个《文心雕龙》的第一段，《原道》的开头。

原文如下：

文之为德也大矣，与天地并生者，何哉？夫玄黄色杂，方圆体分；日月叠壁，以垂丽天之象；山川焕绮，以铺理地之形。此盖道之文也。仰观吐曜，俯察含章，高卑定位，故两仪既生矣。

惟人参之，性灵所钟，是谓三才。为五行之秀，人实天地之心生。心生而言立，言立而文明，自然之道也。傍及万品，动植皆文：龙凤以藻绘呈瑞，虎豹以炳蔚凝姿；云霞雕色，有逾画工之妙；草木贲华，无待锦匠之奇。夫岂外饰，盖自然耳。至于林籁结响，调如竽瑟；泉石激韵，和若球锽。故形立则章成矣，声发则文生矣。夫以无识之物，郁然有彩；有心之器，其无文欤！

这两百多个字，是全书开宗明义的总论，为“实体美学”开了一个“天地文章”的思维大局，足以证明《文心雕龙》是一部大作品。这段话如果以现代散文的气韵来分段表述，会稍稍长一点。我的译述如下——

文章与天地并生，格局很大。

为什么说大？先看天地。天玄地黄，天圆地方，日月双璧，垂丽天际，山川华美，条理清晰，这就是自然的文章。

再看人。仰观天光，俯察山川，定位天地两仪，参入自己的性灵，构成“天、地、人”三才。人作为万物五行之秀，实为天地之心。有了心就要发言，有了言也就有了文。这就是人的文章，也是自然之道。

再看世间万品，动物、植物都在做文章，龙凤以美丽呈现祥瑞，虎豹以威盛摆出姿态。云霞之色超越画工，草木之花可比锦匠。这不是外加的修饰，而是出乎自然。

至于树林间天籁鸣响，如琴瑟般协调，如泉石般激韵，如钟磬般和谐。可见有形便成“章”，有声便成“文”。既然这些无意识之物都有自己的文采，那么，有心灵的人，怎么能没有文章！

刘勰的这个开头，等于为《文心雕龙》戴了一顶大帽子，我却读得愉快。显然，他是受了《周易》贲卦的爻辞“观乎天文，以察时变；观乎人文，以化成天下”的影响。我在《周易简释》中谈到这则爻辞时说了这样一段话：

唐代陆德明在《经典释文·周易》中录入了前人对“贲”字的两种解释，一是“文饰”，二是“文章”。这里所说的“文饰”并不完全是外加的修辞，更是一种内在素质的外向呈现。这里所说的“文章”也不是指独立成篇的文字，而是与“文饰”有相近的含义，也可以说是“文采”，一种美好的外部呈现。

如果要把“贲”、“文辞”、“文章”、“文采”、“文”这些用语在《周易》时代的含义用现代美学概念来表述，可能接近“表现形态”、“外化方式”、“审美图像”。

我的这一解释，大体也能说明刘勰为什么要把天地的形态、动植物的美丽、林间的天籁，全都看作“文章”了。这种最宏观的“大文章思维”确实出自于《周易》这样的哲学高度，刘勰接了过来，为全书提供了一个巨大的天幕。他后面的一些章节，也力图与这个天幕继续呼应。

刘勰这样做的意义，远远超乎他的意料。他实际上也为整个中国美学建立了一个宏伟的大背景。他指出，人创造美的重要动力，在于自然界也在创造美。但是，这又与西方美学把“自然美”、“艺术美”、“物态美”、“人为美”的范畴对立很不相同。刘勰虽然也讲到了自然界的动物美和植物美，但他所说的自然是“天地宇宙”，比一般所说的自然界宏大得多、神秘得多、积极得多。日月星辰、四季岁月，以不息的运行和壮观的形态，启悟着人的生态和心态。这种启悟，也被称为“天道”，与世间的“人道”紧密对应而构成“天人合一”的群体思维。人们无论是创造艺术美还是文学美，都离不开天地宇宙。这就是中国美学的基本出发点。

因此，刘勰以一句“与天地并生”来概括文章之美，正是一下子把中国美学最恢宏、最独特的气度展现出来了，很值得敬佩。

当然，刘勰是一个文论家而不是哲学家，当他把“天人合一”的美学背景树立之后，却无法厘清这种美学背景与他要论述的美学作品之间的复杂关系和重重区别，很难度量“天地文章”与“骈俪文章”之间的漫漫距离。

尽管如此，我还是喜欢他的这个天真思路：天地万物都在写自己的文章，作为有心灵的人，为什么不把文章写好？

三

既然已经进入了一个颇为壮观的门厅，那就算得了气，我们也就可以抄近路，直奔《文心雕龙》对后世影响最大的那些章节了，如《神思》、《风骨》、《情采》、《通变》诸篇。

这里要讲述的一节，取自《神思》篇。

“神思”，一般是指创作时的神奇思绪。

原文是：

> 文之思也，其神远矣。故寂然凝虑，思接千载，悄焉动容，视通万里。吟咏之间，吐纳珠玉之声；眉睫之前，卷舒风云之色：其思理之致乎！
>
> 故思理为妙，神与物游。神居胸臆，而志气统其关键；物沿耳目，而辞令管其枢机。枢机方通，则物无隐貌；关键将塞，则神有遁心。
>
> 是以陶钧文思，贵在虚静。疏瀹五藏，澡雪精神。积学以储宝，酌理以富才，研阅以穷照，驯致以绎辞。然后使玄解之宰，寻声律而定墨；独照之匠，窥意象而运斤。此盖驭文之首术，谋篇之大端。

创作时的神奇思绪，在现代写作学上，一般称为“构思”。但“构思”两字常常被理解为智性谋划、情节设计，而不像刘勰所说的“神思”那么放达、玄奇。其实，这也揭示了人们的一个长期误解。在美的创造上，刘勰是对的。希望我们平日再次运用“构思”这个概念时，能够加入更多“神思”的成分。

刘勰的这段话中，有不少精美词句，我在译述时不忍替代，只要不难领悟，便尽量保留。同是汉语，古今美文之间有不少互通互融的可能。

我的译述如下——

文的运思，精神可以飞得很远。寂然凝思，能够接通千年；悄悄动容，能够看到万里。吟咏之间，能够吐纳珠玉之声；眉睫之前，能够卷舒风云之色。这一切，都是运思所致。

运思的妙处，在于精神与外物交游。精神存在胸臆之中，而情志却是统领它的关键。外物被耳目感受，而辞令却是表达它的枢纽。如果枢纽通了，外物就能显现；如果关键阻塞，精神就会消遁。

构思文章，贵在虚静。要疏通五脏，澡雪精神。积累学问如储宝，斟酌事理增才能。研究阅读求通解，从容不迫寻文辞。然后才能让深沉的心灵找到声律，让独到的见解裁得意象。这是为文的第一要领，谋篇的重大事端。

这里边划分出来的三个小段落，表达了三层意思。

第一层，说明在创作运思阶段，精神活力可发挥到无边无际。千年万里，都能够寂然之间顷刻抵达。刘勰以辽阔的时空自由，指出了文学创作的起点性本质。

第二层，有点复杂。因为这里出现了“精神”、“志气”、“辞令”这三者的关系。精神也就是原文所说的“神”，是一个人的整体素养，平日安静地存在于胸臆之间，一旦要创作，就需要由“志气”来指挥。这里所说的“志气”，大致是指心志和意气，也就是创作这部作品的动力。至于“辞令”，则是表现手段。简单说来，由精神做底，由志气推动，由辞令表达。刘勰以“关键”和“枢机”作为比喻，来象征其间的启动关系。

第三层，比较重要。刘勰并不认为一切人都能投入创作，创作者首先必须在心理上做到“虚静”，不要在动笔时有太多的欲念、动机，更不要接受种种外惑。虚静到什么程度？那就是疏通五脏、澡雪精神。

“澡雪精神”这种说法，在刘勰之前也有人用过，但拿来说明艺术构思阶段的心态，非常合适。澡，是指洗涤干净；雪，是指冷冽而又纯洁。这样的描述，消除了文艺创作需要燥热、冲动、激奋的误会。刘勰认为，只有在这样的“虚静”中，创作者才有可能积累学识，斟酌事理，研究阅读，最终让深沉的心灵获得精致的表达。

这种思维，显然也包含着刘勰投入颇深的佛教哲理。

四

我们继续读下去。

夫神思方运，万涂竞萌，规矩虚位，刻镂无形。登山则情满于山，观海则意溢于海，我才之多少，将与风云而并驱矣。方其搦翰，气倍辞前，暨乎篇成，半折心始。何则？意翻空而易奇，言征实而难巧也。是以意授于思，言授于意。密则无际，疏则千里。或理在方寸，而求之域表；或意在咫尺，而思隔山河。是以秉心养术，无务苦虑；含章司契，不

必劳情也。

这一段，是说神思开启后的风起云涌，到真正执笔时却出现了另一种情景。这就涉及了神思和表达之间互相依赖又互相牵制的微妙美学关系。

我译述如下——

创作的运思刚刚运作，万千条通路竞相萌动。种种规矩还处于虚位，一切刻画还没有成形。于是，想到登山则情满于山，想到观海则意溢于海，我有多少才情，此时与风云并驱。然而，一旦执笔，就会觉得心气多于文辞。等到篇成，发现只达到了设想的一半。

这是什么原因？原来，心意在空中翻动时容易神奇，而落实到言辞则难于工巧。这中间，意念来自于构思，而言辞又来自于意念，互相密不可分。一旦分了，就会差之千里。有时，理念就在心中，却向远处寻求；有时，意思就在咫尺，却像隔了山河。所以，要秉心运作，无须苦虑；把持美好，不必劳情。

在这里，刘勰遇到了意（意念）、思（构思）、言（表达）之间的复杂关系。他清晰地知道，意念和构思是非常自由的天地，到表达时只能呈现一半。那么，怎么才能解决这个问题呢？他提出了两重劝告。

其一，承认差异的存在，因为“意翻空而易奇，言征实而难巧”，是正常现象；

其二，在创作时尽量把意、思、言三者混成一体，让它们密不可分。如果老是在表达上思虑太多、劳情太多，反而会把三者分割，舍近求远。只要把持自心，把持美好，就可以了。

这两重劝告，合情合理。但是不必讳言，刘勰对于意、思、言三者“密则无际，疏则千里”的原因还未曾厘清。因此，创作者为什么可以“无务苦虑”、“不必劳情”的理由也未能说明，显得比较混沌。

但是，不管怎么说，在创作实践上，构思时充分畅想，表达时不必多虑，显然是明智的两端。最怕的是，构思时想得太少，表达时想得太多。构思时想得太少，就会情志滞塞；表达时想得太多，就会笔底迟疑。

五

接着要讲解《风骨》篇了。

中国历代的艺术创造者，一听到“风骨”两字都会兴奋，因为这是在追求内在生命力和外在表现力的双向充裕。后来，这个概念也就成了中国美学的特定范畴。

且先看看刘勰对“风骨”的论述。

《诗》总六义，风冠其首，斯乃化感之本源，志气之符契也。是以怊怅述情，必始乎风；沉吟铺辞，莫先于骨。故辞之待骨，如体之树骸；情之含风，犹形之包气。结言端直，则文骨成焉；意气骏爽，则文风清焉。

若丰藻克赡，风骨不飞，则振采失鲜，负声无力。是以缀虑裁篇，务盈守气，刚健既实，辉光乃新。其为文用，譬征鸟之使翼也。

故练于骨者，析辞必精；深乎风者，述情必显。捶字坚而难移，结响凝而不滞，此风骨之力也。若瘠义肥辞，繁杂失统，则无骨之征也。思不环周，索莫乏气，则无风之验也。

我在译述这段原文之前，显然遇到了一个棘手的问题。刘勰讲“风骨”，是先把“风”和“骨”分开来讲，再把它们结合的。在他的时代，文坛上对“风”和“骨”的理解有一些基本共识，因此作者和读者之间可以心照不宣，这是“流行语汇”的惯常特征。可惜一千五百多年过去，他笔下的“风”和“骨”早已不是“流行语汇”，因此先要为当代读者做一番词语化解。

他所谓的“风”，近似“风韵”、“风情”、“风范”，是指一种受人喜爱的感染力。

他所谓的“骨”，近似“骨力”、“骨气”、“骨架”，是指一种受人敬重的挺拔态。

看得出来，这是由人格范式衍伸出来的审美范式，是中国美学的高等级追求。两者结合，等级更高。

经过这番简要提示，我的译述就可以稍稍轻松一点了——

《诗经》包含六艺，“风”冠其首，它是感染的本源，情志的呈现。要想惆怅地表述感情，必从风韵开始；要想低声地吟诵文辞，须以骨力为重。文辞有了骨力，就像身体有了骨骼；情感有了风韵，就像形体包蕴生气。只要言辞端直，文章的骨力也就形成了。只要意气骏爽，文章的风韵也就清晰了。

如果辞藻丰富，而风骨却飞不起来，那就是文采失色，声韵无力。所以构思裁篇，一定要充盈守气，刚健充实，才能辉光长新。“风”、“骨”对于文章，就像飞鸟的两个翅膀。

要想练就骨力，辨析文字必须精要；要想深得风韵，表述感情必须鲜明。锤炼文字坚挺而难以改动，联结声调凝重而不陷粘滞，这便是风骨之力。如果含义贫瘠而辞藻肥硕，行文繁杂而失去统领，那就是没有骨力的征象。如果思绪单向而不周顾，笔下勉强而少气氛，那就是没有风韵的证明。

简单说来，文学创作不可没有“风骨”。刘勰在辛苦地探讨，怎么才能在创作中既获得“风”，又获得“骨”。

在中国的美学思维中，“风骨”两字大多是连在一起的，重点在“骨”，一般意指具有雄伟有力的气概和风格。我们平常所说的“一个有风骨的人”、“一幅有风骨的书法”，大致也是这个意思。

但是，刘勰却把“风”单独提出来郑重讲述。他从《诗经》风、雅、颂、赋、比、兴中以“风”领先，来证明“风”的重要。一般文学史在讲解《诗经》的“风”时，往往只强调那是“地方民歌”，与“民间风习”有关，但刘勰却说，“风”在《诗经》中，是“化感之本源，志气之符契”，那作用就非常大了。我因为深爱《诗经》，更爱其中的“风”，所以特别赞同刘勰的见解。

在刘勰看来，“风”是与“情”紧紧相连的。当“情”一碰到“风”，就得了“气”，就“必显”，就会思之“环周”，就不会寂寞，因此也就有了“化感”之力。这话反过来也可以说，人间之情，虽然很真，但也很可能缺少气象，缺少外显，缺少认同，缺少呼应，因此缺少广泛的化感力度，这就需要“风”的帮助了。“风”让“情”成为“风情”，并外显、提升、定格为“风韵”和“风范”，最后感染周际而形成美好的“风气”。

这中间，“风”的主要特征是饱含情感的传递力和感染力。“风情”之所以能够超越一般的“风”，就在于传递力和感染力。后世有时又会对“风情”做异样的负面理解，其实也就是指传递和感染的略略过度。如果不过度，“风情”别具魅力。

因为与传递和感染有关，“风”在美学上，也可以看成是生命群体之间超常呼应。这种超常呼应，基于生命群体的互相信任和欣赏，这就是刘勰所说的“化感”，也就是美的扩充功能。

从“风”，又可以联系到“骨”。“骨”有阳刚之气，有雄伟之力，有挺拔之态，当然与飘飘曼曼的“风”判然有别。但是如果没有“风”，“骨”很可能是孤独的英雄、悲凄的固守、执拗的坚持、嶙峋的骨相。有了“风”，一切都不一样了，危崖有了阶坡，高树有了藤花，寂谷有了鸟鸣，谁都愿意去了。

当然，如果没有“骨”，“风”也就可能变成了一种没有格局、没有器质、没有着落的存在，变成了缺少内容的传扬、缺少理由的笑容、缺少情感的眼波。

“骨”的美学意义，是一种稳定的结构张力。正是这种张力，使一事成为真正的一事，使一物成为真正的一物，使一人成为真正的一人。它是划分事物内涵和外延的框架，它是印证一个特定人物不同于其他人物的基准。这个“骨”字，与“人格”的“格”字，意义相近。

因此，当“风”、“骨”两字合成为“风骨”，也就构成了一个特殊的美学意义：具有坚挺格局的有效感染。

近似的意义，西方美学也有涉及，但往往分段而论，话语冗长。而中国美学完成这个多层次的复杂命题时，只用了最简约的两个字。

作为一个美学信号，这两个字在中国古代文化中的地位正像它的本义：既坚挺又具有感染力。甚至可以说，早已影影绰绰地可以看到有一种“风骨美学”的存在，在历史的长途间不断地由人格美衍生为艺术美。

六

现在要看《文心雕龙》的《情采》篇了。

“情采”，是论述“情态”与“辞采”之间的关系，比较靠近我们现在常用的“内容”和“形式”这两个概念。可惜，这两个概念也频繁地使用于美学之外，显得空洞、浮泛了一些。

刘勰在论述“情采”时，还是从《原道》篇的“天地文章”出发，来说明外显的依据、文采的必要。这一思路我们已不陌生——

圣贤书辞，总称“文章”，非采而何？夫水性虚而沦漪结，木体实而花萼振，文附质也。虎豹无文，则鞟同犬羊。犀兕有皮，而色资丹漆，质待文也。若乃综述性灵，敷写器象，镂心鸟迹之中，织辞鱼网之上，其为彪炳，缛采名矣。

请看我的译述——

圣贤写书，总称“文章”，不正是就文采而言吗？水性柔虚而生波纹，树木充实而开出花，可见文采总是依附于内质。

虎豹如果没有文采，那皮色就会等同于犬羊。而用犀兕的皮革制器，还用丹漆来上色，可见内质也要期待文采。如果要综述灵性，描写物象，精心摆弄文字，写于纸张之上，达到光耀彪炳，那就更是由于文采的繁盛了。

刘勰在这里论列了不同的审美实体在内外之间的互相依赖、互相期待。

有三层意思值得注意。

第一，由内质到外相，大多是一种自然而然的体现，也就是美学上说的“天赋外化”。他以水性柔虚而生纹、树木充实而开花这两个例子，说明了这个道理。

第二，外相和文采，具有辨识本体的重大功能。如果没有一定的外相和文采，内质也就会失去身份。虎豹没有文采就会等同于犬羊，这不是一个科学命题，而是一个美学命题。就动物学而言，失去文采的虎豹还是虎豹；但就美学而言，它们已经不是。因此，它们失去的，是一种“美学身份”。

第三，外相对于内质，并不仅仅是一种被动的“自然体现”。只要有了人，就有可能在文采上动足脑筋。对此刘勰举了用犀牛、兕牛的皮革制器时可以涂上丹漆来增色的例子。当人的主动性一出现，文学艺术的创造也就可以更加主动了。因为人要在文学艺术中“综述性灵，敷写器象”，用的又是人所创造的文字和纸张，那就必然要比涂上丹漆更积极、更放达了。以刘勰的提法，就是要“镂心”、“织辞”而达到“彪炳”。

这三点，除了坐实了内质的决定性外，还触及了外相具有“美学身份”的可辨识性，以及人在创造外相中的主动性。这三点，都很出色。

七

在《情采》篇中，刘勰除了深刻地论述了内、外关系外，更是用不少笔墨批判了文采泛滥、为文造情的现象。一贯平静的他在这个问题上口气凌厉，可见对于这充斥周际的浮靡文风和辞赋流弊，他实在忍不住了。

他身处辞赋之中，却一直用《诗经》、《离骚》的杰出创作来批评汉代以来“辞人赋颂”的流弊，厌烦那些“辞赋家”的装腔作势。

在这一篇，他又把《诗经》请了出来，作为周边那些不良文风的对照物。我们可以分段来讲。

昔诗人什篇，为情而造文。辞人赋颂，为文而造情。何以明其然？盖“风”、“雅”之兴，志思蓄愤，而吟咏情性，以讽其上，此为情而造文也。诸子之徒，心非郁陶，苟驰夸饰，鬻声钓世，此为文而造情也。

故为情者要约而写真，为文者淫丽而烦滥。而后之作者，采滥忽真，远弃“风”、“雅”，近师辞赋，故体情之制日疏，逐文之篇愈盛。故有志深轩冕，而泛咏皋壤，心缠几务，而虚述人外。真宰弗存，翩其反矣。

夫桃李不言而成蹊，有实存也。男子树兰而不芳，无其情也。夫以草木之微，依情待实，况乎文章，述志为本，言与志反，文岂足征？

以下是我的译述——

以前诗人创作，为情而造文，后来的辞赋家们，为文而造情。

何以明了这个区别？你看《诗经》中“风”、“雅”之兴，是作者志思蓄愤，吟咏情性，讽刺上位，这就是为情造文。再看那些辞赋家，心中并无积郁，却随意夸饰，卖声欺世，这就是为文造情。

为情者能够简约写真，为文者却只会浮丽泛滥。后来这些作者，虚夸失真，远弃“风”、“雅”，就近效仿那些辞赋家，结果体现真情的创作日益减少，而追逐虚文的篇目越来越多。

所以常见这样的人，明明深羡官帽，却在泛咏田野；明明心缠政界，却在虚说出世。既然真心不存，只能任其翻转。

桃李默然不言，树下却踩出了小路，因为树上长着果实。男子种兰不香，因为他心中没有感情。连小小的草木都要依赖感情、期待果实，那又何况文章。文章以述志为本，如果言辞和心志相反，这样的文章还可信吗？

刘勰把“为情而造文”与“为文而造情”做了比较，差异鲜明。这中间，对于“为文而造情”的概括相当锐利。天下什么都可造，唯独情不可造。西方美学家把“情”分为“整体之情”和“个别之情”，但显然，两者都不可造。

“造”这个最普通的汉字，在实际运用时常有负面意义，例如“造作”、“造假”、“造势”、“造次”等等。然而，相比之下，没有比“造情”更负面的了。这与艺术创作中的虚构、想象完全是两回事。虚构的感情，也能以真实的逻辑和形态让人泪下，在这方面，即便是一般读者、寻常观众，也能敏感地辨别其间真伪。人们能容忍生活中的很多不真实，却很难容忍情感作假，这中间有一条最细微又最牢固的心理感应曲线，而且，这条曲线又颤巍巍地绾结着不同的族群、不同的时代。在我看来，这是心理美学所隐藏的玄秘。刘勰对“造情”的揭露，正体现了这条曲线的跨时代遥感。

“造情”的一般形态是夸饰，升级形态是作假。人们都认为作假的特点是“以假充真”、“无中生有”，但是，刘勰所责斥的那种辞赋家更为严重，那就是把一切都“反着来”。依照心理美学概念，是一种“反向心理掩饰”。他所说的那种明明深羡官帽却泛咏田野，明明心缠政界却虚说出世，就是最典型的例子。如果说，“造情”有“顺势之造”和“逆反之造”两种，那么，刘勰责斥的就是“逆反之造”了。

说了那么多“造”，我又必须在词汇学上做一个说明，“造”字的正面含义也常常具有足够的分量，如“创造”、“造物”、“造化”、“造就”，都是大作为。

八

在责斥了“造情”之后，刘勰又要回到文章本位，来进一步论述情志和文饰之间的关系了。如果说，前面所说的对象是一些弄虚作假的小人，那么，现在他又急于要对那些写不好文章的君子说几句话了。

请先读刘勰的原文。

> 是以联辞结采，将欲明理。采滥辞诡，则心理愈翳。固知翠纶桂饵，反所以失鱼，言隐荣华，殆谓此也。是以衣锦褧衣，恶文太章。“贲”象穷白，贵乎反本。
>
> 夫能设谟以位理，拟地以置心，心定而后结音，理正而后摛藻；使文不灭质，博不溺心，正采耀乎朱蓝，间色屏于红紫，乃可谓雕琢其章，彬彬君子矣。
>
> 赞曰：言以文远，诚哉斯验。心术既形，英华乃赡。吴锦好渝，舜英徒艳。繁采寡情，味之必厌。

我曾做过试验，让学生在阅读时对原文做猜测性的解释。即使参照一些常见的注释也无妨。结果学生在《文心雕龙》上常常感到颇为繁难，而这一段，更是不易疏通。这就证明，骈俪之文，常常自生困顿，哪怕执笔者是堂堂刘勰。

那就让我来认真译述一遍——

所以联辞结采，是为了明理。如果设采泛滥、用词诡异，则会障蔽情理。

这正像垂钓，如果用翠羽做钓丝，桂枝做鱼饵，反而钓不到鱼。所谓“言隐荣华”，言论被荣华掩盖，就是这个道理。因此，如果穿了锦衣，则不妨再披一体罩衫，以免过于显眼。《周易》贲卦以“白”为归结，可见贵在返本。

要设定模式来安置理念，拟定方位来安顿心灵。心灵安定了就能联结音律，理念端正了就能铺陈辞藻。要使文采不吞灭内质，要使广博不淹没心灵。要让朱蓝这样的正彩显耀，要把红紫这样的杂色摒除。只有这样，才算得上擅于雕琢文章的彬彬君子。

总之，言辞因文采而久远，确实应验。只有心灵敷形，华彩才能丰富。反之，吴锦容易褪色，木槿徒艳一时，漂亮的文采如果缺少真情，必被人们厌弃。

从这些繁密而跳荡的话语激流中可以看出，在内质和外显、情志和文辞的关系问题上，刘勰明显地更倚重内质和情志，比较提防外显和文辞的过度张扬。尽管作为一个杰出的文论家他不会偏于一端，但美学重心却无可置疑。

对于内容和形式这个千古大题，几乎所有的文论家都会言辞滔滔，但中国古代文论家显然渐渐产生一种共识趋向，那就是重视内容。虽然有大量的艺术实践家进行了形式探索并取得辉煌成绩，但在系统文论上，却仍然是质胜于文，情胜于采，心胜于式。这是中国美学的一大特征，与传统的文化教养有关。

其实，每一个时代最高层级的美学创造实绩与这种传统教养并不相同，有不少艺术家和审美者凭着天赋和直觉，感受到了美在外显形态上的特殊魅力，而且感受得心摇神驰。他们以创作和笔记描述了这种高贵的形式撞击力，成为中国审美长河中最美丽的风景，但就中国美学的主体结构而言，那还是一种旁侧性的存在。应该说，这是中国美学的遗憾。

刘勰是一个严正、端方的彬彬君子，自己又缺少彻底忘情的创作经验，因此作为中国美学主体结构的建立者之一，他的倚重，既本分，又必然。如前所述，他生活的年代使他无缘见识像盛唐这样的审美文化勃发期，因此后人完全没有理由对他求全责备。

九

结束本文之前，我想以一小段余论，对刘勰再表敬意。

在总体上，刘勰的文化立场比较保守，他劝导宗经、明道，追慕雅正、明畅。但是，由于他审美品格高尚，具有历史眼光，所以并没有陷入抱残守缺的固执，而是主张“随时通变”。

《文心雕龙》专设一篇《通变》，结语很有代表性，应该特别介绍。

这个结语一共八句，每句四个字。前面四句很明白，不必翻译：

文律运周，日新其业。变则其久，通则不乏。

这十六个字很好，即便是当代的艺术创新者遇到困厄时，都不妨在心中默诵，以兹自励。

后面四句可能会产生一些小小的歧义，我就需要稍做译述了。这四句的原文是：

趋时必果，乘机无怯。望今制奇，参古定法。

我的译述是这样的——

追赶时代必须果断，抓住时机不要胆怯。着眼今日制作创新，参酌古例确定法则。

说了那么多求变、向前的话，最后加一句“参古定法”，并不是自相矛盾，而是要为自己在内心长期构建的文化理想画一条边，兜一个底。刘勰在论述任何一种主张时都会受到中庸之道的控制，实在是一个正派的文化君子。

其实即使拿到今天来看，这种折中的美学思路仍然不失其理。一方面真诚呼吁变通求新，一方面又深深惦念古典章法，这样的两相照应结构，显然比种种偏窄的单向主张更有长久的生命力。

我在本文开头说过，把刘勰与古希腊百科全书式的哲学大师亚里士多德相提并论不太合适，那么，在西方，比较合适的比较者是谁呢？我首先想到的是古罗马的贺拉斯（Horace），代表作是《诗艺》。他专讲创作，既保守，又开明；既讲求审美等级，又关顾接受心理，这些都与刘勰有相通之处。后来，欧洲古典主义的“先师”，像意大利的卡斯特尔维屈罗（Lodovico Castelvetro）等人，把亚里士多德的学说引向创作，提出了一系列限制性的艺术技法。这与刘勰把《周易》引向创作有点相似，只不过刘勰没有提出那么多限制，身后也没有出现什么“主义”。

好，这篇文章已经写得不短，可以结束了。《文心雕龙》的话题当然很多，但是有关它的研究都不妨以美为归结。我的引导只是告诉当代读者，早在一千多年前的远山深处，就已经埋下中国美学的基点。

必读唐诗五十首

1. 李白：早发白帝城

朝辞白帝彩云间，千里江陵一日还。

两岸猿声啼不住，轻舟已过万重山。

2. 李白：静夜思

床前明月光，疑是地上霜。

举头望明月，低头思故乡。

3. 李白：黄鹤楼送孟浩然之广陵

故人西辞黄鹤楼，烟花三月下扬州。

孤帆远影碧空尽，唯见长江天际流。

4. 李白：将进酒

君不见黄河之水天上来，奔流到海不复回。

君不见高堂明镜悲白发，朝如青丝暮成雪。

人生得意须尽欢，莫使金樽空对月。

天生我材必有用，千金散尽还复来。

烹羊宰牛且为乐，会须一饮三百杯。

岑夫子，丹丘生，

将进酒，杯莫停。

与君歌一曲，请君为我倾耳听。

钟鼓馔玉不足贵，但愿长醉不复醒。

古来圣贤皆寂寞，惟有饮者留其名。

陈王昔时宴平乐，斗酒十千恣欢谑。

主人何为言少钱，径须沽取对君酌。

五花马，千金裘，呼儿将出换美酒，与尔同销万古愁。

5. 李白：蜀道难

噫吁嚱，危乎高哉！

蜀道之难，难于上青天！

蚕丛及鱼凫，开国何茫然。

尔来四万八千岁，不与秦塞通人烟。

西当太白有鸟道，可以横绝峨眉巅。

地崩山摧壮士死，然后天梯石栈相钩连。

上有六龙回日之高标，下有冲波逆折之回川。

黄鹤之飞尚不得过，猿猱欲度愁攀援。

青泥何盘盘，百步九折萦岩峦。

扪参历井仰胁息，以手抚膺坐长叹。

问君西游何时还？畏途巉岩不可攀。

但见悲鸟号古木，雄飞雌从绕林间。

又闻子规啼夜月，愁空山。

蜀道之难，难于上青天，使人听此凋朱颜！

连峰去天不盈尺，枯松倒挂倚绝壁。

飞湍瀑流争喧豗，砯崖转石万壑雷。

其险也如此，嗟尔远道之人，胡为乎来哉！

剑阁峥嵘而崔嵬，一夫当关，万夫莫开。

所守或匪亲，化为狼与豺。

朝避猛虎，夕避长蛇，

磨牙吮血，杀人如麻。

锦城虽云乐，不如早还家。

蜀道之难，难于上青天，侧身西望长咨嗟。

6. 李白：月下独酌

花间一壶酒，独酌无相亲。

举杯邀明月，对影成三人。

月既不解饮，影徒随我身。

暂伴月将影，行乐须及春。

我歌月徘徊，我舞影零乱。

醒时同交欢，醉后各分散。

永结无情游，相期邈云汉。

7. 李白：行路难

金樽清酒斗十千，玉盘珍羞直万钱。

停杯投箸不能食，拔剑四顾心茫然。
欲渡黄河冰塞川，将登太行雪满山。
闲来垂钓碧溪上，忽复乘舟梦日边。
行路难，行路难，多歧路，今安在？
长风破浪会有时，直挂云帆济沧海！

8. 李白：子夜吴歌

长安一片月，万户捣衣声。
秋风吹不尽，总是玉关情。
何日平胡虏，良人罢远征？

9. 李白：送友人

青山横北郭，白水绕东城。
此地一为别，孤蓬万里征。
浮云游子意，落日故人情。
挥手自兹去，萧萧班马鸣。

10. 李白：宣州谢朓楼饯别校书叔云

弃我去者昨日之日不可留，乱我心者今日之日多烦忧。
长风万里送秋雁，对此可以酣高楼。
蓬莱文章建安骨，中间小谢又清发。
俱怀逸兴壮思飞，欲上青天揽明月。
抽刀断水水更流，举杯销愁愁更愁。

人生在世不称意，明朝散发弄扁舟。

11. 杜甫：登高

风急天高猿啸哀，渚清沙白鸟飞回。

无边落木萧萧下，不尽长江滚滚来。

万里悲秋常作客，百年多病独登台。

艰难苦恨繁霜鬓，潦倒新停浊酒杯。

12. 杜甫：蜀相

丞相祠堂何处寻？锦官城外柏森森。

映阶碧草自春色，隔叶黄鹂空好音。

三顾频烦天下计，两朝开济老臣心。

出师未捷身先死，长使英雄泪满襟！

13. 杜甫：春望

国破山河在，城春草木深。

感时花溅泪，恨别鸟惊心。

烽火连三月，家书抵万金。

白头搔更短，浑欲不胜簪。

14. 杜甫：春夜喜雨

好雨知时节，当春乃发生。

随风潜入夜，润物细无声。

野径云俱黑，江船火独明。
晓看红湿处，花重锦官城。

15. 杜甫：登岳阳楼

昔闻洞庭水，今上岳阳楼。
吴楚东南坼，乾坤日夜浮。
亲朋无一字，老病有孤舟。
戎马关山北，凭轩涕泗流。

16. 杜甫：月夜

今夜鄜州月，闺中只独看。
遥怜小儿女，未解忆长安。
香雾云鬟湿，清辉玉臂寒。
何时倚虚幌，双照泪痕干。

17. 杜甫：赠卫八处士

人生不相见，动如参与商。
今夕复何夕，共此灯烛光。
少壮能几时，鬓发各已苍。
访旧半为鬼，惊呼热中肠。
焉知二十载，重上君子堂。
昔别君未婚，儿女忽成行。
怡然敬父执，问我来何方。

问答乃未已，驱儿罗酒浆。

夜雨剪春韭，新炊间黄粱。

主称会面难，一举累十觞。

十觞亦不醉，感子故意长。

明日隔山岳，世事两茫茫。

18. 杜甫：闻官军收河南河北

剑外忽传收蓟北，初闻涕泪满衣裳。

却看妻子愁何在？漫卷诗书喜欲狂。

白日放歌须纵酒，青春作伴好还乡。

即从巴峡穿巫峡，便下襄阳向洛阳。

19. 杜甫：咏怀古迹

群山万壑赴荆门，生长明妃尚有村。

一去紫台连朔漠，独留青冢向黄昏。

画图省识春风面，环珮空归月夜魂。

千载琵琶作胡语，分明怨恨曲中论。

20. 杜甫：客至

舍南舍北皆春水，但见群鸥日日来。

花径不曾缘客扫，蓬门今始为君开。

盘飧市远无兼味，樽酒家贫只旧醅。

肯与邻翁相对饮，隔篱呼取尽余杯。

21. 王维：送元二使安西

渭城朝雨浥轻尘，客舍青青柳色新。

劝君更尽一杯酒，西出阳关无故人。

22. 王维：山居秋暝

空山新雨后，天气晚来秋。

明月松间照，清泉石上流。

竹喧归浣女，莲动下渔舟。

随意春芳歇，王孙自可留。

23. 王维：鹿柴

空山不见人，但闻人语响。

返景入深林，复照青苔上。

24. 王维：九月九日忆山东兄弟

独在异乡为异客，每逢佳节倍思亲。

遥知兄弟登高处，遍插茱萸少一人。

25. 王维：竹里馆

独坐幽篁里，弹琴复长啸。

深林人不知，明月来相照。

26. 白居易：赋得古原草送别

离离原上草，一岁一枯荣。

野火烧不尽，春风吹又生。

远芳侵古道，晴翠接荒城。

又送王孙去，萋萋满别情。

27. 白居易：问刘十九

绿蚁新醅酒，红泥小火炉。

晚来天欲雪，能饮一杯无？

28. 白居易：琵琶行

浔阳江头夜送客，枫叶荻花秋瑟瑟。

主人下马客在船，举酒欲饮无管弦。

醉不成欢惨将别，别时茫茫江浸月。

忽闻水上琵琶声，主人忘归客不发。

寻声暗问弹者谁，琵琶声停欲语迟。

移船相近邀相见，添酒回灯重开宴。

千呼万唤始出来，犹抱琵琶半遮面。

转轴拨弦三两声，未成曲调先有情。

弦弦掩抑声声思，似诉平生不得志。

低眉信手续续弹，说尽心中无限事。

轻拢慢捻抹复挑，初为霓裳后六幺。

大弦嘈嘈如急雨，小弦切切如私语。

嘈嘈切切错杂弹，大珠小珠落玉盘。
间关莺语花底滑，幽咽泉流冰下难。
冰泉冷涩弦凝绝，凝绝不通声暂歇。
别有幽愁暗恨生，此时无声胜有声。
银瓶乍破水浆迸，铁骑突出刀枪鸣。
曲终收拨当心画，四弦一声如裂帛。
东船西舫悄无言，唯见江心秋月白。
沉吟放拨插弦中，整顿衣裳起敛容。
自言本是京城女，家在虾蟆陵下住。
十三学得琵琶成，名属教坊第一部。
曲罢曾教善才服，妆成每被秋娘妒。
五陵年少争缠头，一曲红绡不知数。
钿头银篦击节碎，血色罗裙翻酒污。
今年欢笑复明年，秋月春风等闲度。
弟走从军阿姨死，暮去朝来颜色故。
门前冷落车马稀，老大嫁作商人妇。
商人重利轻别离，前月浮梁买茶去。
去来江口守空船，绕船月明江水寒。
夜深忽梦少年事，梦啼妆泪红阑干。
我闻琵琶已叹息，又闻此语重唧唧。
同是天涯沦落人，相逢何必曾相识。
我从去年辞帝京，谪居卧病浔阳城。
浔阳地僻无音乐，终岁不闻丝竹声。

住近湓江地低湿，黄芦苦竹绕宅生。

其间旦暮闻何物，杜鹃啼血猿哀鸣。

春江花朝秋月夜，往往取酒还独倾。

岂无山歌与村笛，呕哑嘲哳难为听。

今夜闻君琵琶语，如听仙乐耳暂明。

莫辞更坐弹一曲，为君翻作琵琶行。

感我此言良久立，却坐促弦弦转急。

凄凄不似向前声，满座重闻皆掩泣。

座中泣下谁最多，江州司马青衫湿。

29. 崔颢：黄鹤楼

昔人已乘黄鹤去，此地空余黄鹤楼。

黄鹤一去不复返，白云千载空悠悠。

晴川历历汉阳树，芳草萋萋鹦鹉洲。

日暮乡关何处是？烟波江上使人愁。

30. 王之涣：凉州词

黄河远上白云间，一片孤城万仞山。

羌笛何须怨杨柳，春风不度玉门关。

31. 王之涣：登鹳雀楼

白日依山尽，黄河入海流。

欲穷千里目，更上一层楼。

32. 王昌龄：出塞

秦时明月汉时关，万里长征人未还。

但使龙城飞将在，不教胡马度阴山。

33. 柳宗元：江雪

千山鸟飞绝，万径人踪灭。

孤舟蓑笠翁，独钓寒江雪。

34. 孟浩然：春晓

春眠不觉晓，处处闻啼鸟。

夜来风雨声，花落知多少。

35. 杜牧：山行

远上寒山石径斜，白云生处有人家。

停车坐爱枫林晚，霜叶红于二月花。

36. 刘禹锡：西塞山怀古

王濬楼船下益州，金陵王气黯然收。

千寻铁锁沉江底，一片降幡出石头。

人世几回伤往事，山形依旧枕寒流。

今逢四海为家日，故垒萧萧芦荻秋。

37. 刘禹锡：乌衣巷

朱雀桥边野草花，乌衣巷口夕阳斜。

旧时王谢堂前燕，飞入寻常百姓家。

38. 刘禹锡：石头城

山围故国周遭在，潮打空城寂寞回。

淮水东边旧时月，夜深还过女墙来。

39. 李商隐：无题

相见时难别亦难，东风无力百花残。

春蚕到死丝方尽，蜡炬成灰泪始干。

晓镜但愁云鬓改，夜吟应觉月光寒。

蓬山此去无多路，青鸟殷勤为探看。

40. 李商隐：夜雨寄北

君问归期未有期，巴山夜雨涨秋池。

何当共剪西窗烛，却话巴山夜雨时。

41. 王勃：送杜少府之任蜀川

城阙辅三秦，风烟望五津。

与君离别意，同是宦游人。

海内存知己，天涯若比邻。

无为在歧路，儿女共沾巾。

42. 张继：枫桥夜泊

月落乌啼霜满天，江枫渔火对愁眠。
姑苏城外寒山寺，夜半钟声到客船。

43. 陈子昂：登幽州台歌

前不见古人，后不见来者。
念天地之悠悠，独怆然而涕下。

44. 王翰：凉州词

葡萄美酒夜光杯，欲饮琵琶马上催。
醉卧沙场君莫笑，古来征战几人回。

45. 孟郊：游子吟

慈母手中线，游子身上衣。
临行密密缝，意恐迟迟归。
谁言寸草心，报得三春晖。

46. 贾岛：寻隐者不遇

松下问童子，言师采药去。
只在此山中，云深不知处。

47. 卢纶：塞下曲

月黑雁飞高，单于夜遁逃。

欲将轻骑逐，大雪满弓刀。

48. 高适：别董大

千里黄云白日曛，北风吹雁雪纷纷。

莫愁前路无知己，天下谁人不识君。

49. 韦应物：滁州西涧

独怜幽草涧边生，上有黄鹂深树鸣。

春潮带雨晚来急，野渡无人舟自横。

50. 常建：题破山寺后禅院

清晨入古寺，初日照高林。

竹径通幽处，禅房花木深。

山光悦鸟性，潭影空人心。

万籁此俱寂，但余钟磬音。

附论：唐诗应该怎么读

精选了唐诗之后，接下来的问题是，应该如何吸引当代人来读唐诗？

反复地强调它的重要性，没有用。因为正常的人不会成天去追随别人所说的“重要性”，而且要追也追不过来。

用现代传媒的浩大比赛来造势也没有用，因为天下一切浩大造势必然会产生同等规模的疑惑心理和抵拒心理。事实证明，这样的赛事最多只是让观众对几个善于背诵的孩子保持几天的记忆，与诗歌的记忆基本无关。而且谁都知道，善于背诵并不等于善于辨识，更不等于善于创作。那些孩子的脑子里壅塞了那么多古董，文化前途令人担忧。

排除了这一些喧闹，总该可以安心读唐诗了吧？也不，因为还会遇到一个迷宫挡在半道上，那就是学术误导、史迹误导、生平误导、考证误导。

这些误导，看起来并不喧闹，似乎比较安静，比较斯文，比较专业，容易取信于很多不喜欢喧闹的人。但是，这种取信，结果也是悲剧性的。除了半途逃出迷宫的人之外，那些沉进去了的人，尽管很可能被旁人称为“唐诗专家”，其实唐诗在他们那里，早已变得浑身披挂、遍体锈斑、老尘厚积、陈词缠绕，没有多少活气了。

喧闹走不通，安静也走不通，问题究竟出在哪里呢？

问题的关键，在于这两条路都断送了诗情、诗魂。

诗情、诗魂，潜藏在每个人心底。早在牙牙学语的孩童时代，很多人的天性中就包含着某种如诗如梦、如歌如吟、如呓如痴的成分。待到长大，世事匆忙，但只要仍然能以天真的目光来惊叹大地山水，发现人情美丽，那就证明诗情未脱，诗魂犹在。读唐诗，只是对自身诗情、诗魂的印证、延伸。因此，归结点还在于自身。

由于社会分工不同，也有一些专业研究者会去考据一首首唐诗的种种档案资料。他们的归结，不是人人皆有的诗情、诗魂，而是越写越冷的专著、论文。前面所说的迷宫，就是由他们挖掘和搭建的。天底下有一些迷宫也不错，可以让一些闲散人士转悠一下，却不宜诱惑普通民众都进来折腾。尤其是年轻人，只要进入了这样的迷宫，原先藏在心底的诗情、诗魂就会渐渐淡薄，直至荡然无存。

此间情景，就像寻找爱恋对象。如果男女双方不是直接面对眼神表情、举止谈吐、临事态度、气息神韵，而只是一味地查看对方的族亲网络、姓氏渊源、地域历史、早年成绩，能够成功地找到自己的心上人，并长久地生活在一起吗？

我们寻找自己喜爱的唐诗，其实也是在寻找自己的心灵爱恋，寻找能让自己的情感和灵魂震颤的终身伴侣。可惜，我们的很多研究专家，只是户籍科里的档案资料员，与实际发生的恋爱基本无关。

对这件事，我倒是具有双重话语权。长久的学术经历使我对迷宫的沟沟坎坎非常熟悉，而我在专业上毕竟承担着追求感性大美的责任，因此更知道迷宫之外的风景。我很想举出几首唐诗，谈谈不同的阅读方向，来分辨诗魂之所在。

例一：李白的《早发白帝城》，又叫《下江陵》。

这是我选的“必读唐诗五十首”中的第一首，因此先讲。这首诗大家都很熟悉——

朝辞白帝彩云间，千里江陵一日还。
两岸猿声啼不住，轻舟已过万重山。

最好的唐诗都不喜欢生僻词汇和历史典故，因此很多研究专家面对这样的诗总是束手无策。这首诗也是这样，明白如话，毫无障碍，研究专家只能在生平事迹上面下功夫了。

这功夫一下可了不得，因为这首诗是李白获得一次大赦后写的。那么，随之而来就要追问：他犯了什么罪？那就必须牵涉到他在“安史之乱”发生后跟随永王李璘平叛的事了。李璘为什么招他入幕？平叛为什么又犯了罪？与他一起跟随永王平叛的将领均已无罪，为什么他反而被判流放夜郎？又为什么获得大赦？……这些问题，都非常重大，当然也是这首诗的历史背景和心理背景。中国学术界常常认为，历史重于艺术，所以一门诗歌课程常常也就变成了历史课程。历史讲了千言万语，诗情、诗魂都被挤到了一边，成了庞大历史的可怜附庸。

接下来，研究专家还会细细讲述，李白在这首诗中写到的千里之外的江陵，是此行的目的地。他到那里何以为生？投靠谁？好像是投靠做太守的朋友韦良宰。后来他又到过洞庭、宣城、金陵，生活困难，最后投奔在当涂做县令的族叔李冰阳，并在那里去世。

诗人的这种生平，常常成为我们论诗的主要内容，其实这是颠倒了。难道一切艺术创作，都是自我经历的直接写照吗？小诗人、小作品也许是，大诗人、大作品就不是了。人类要诗，是在寻求超越——超越时间，超越空间，超越自我，超越身边的混乱，超越当下的悲欢，而问鼎永恒的大美。诗，既是对现实人生的反映，又是对现实人生的叛离，并在叛离中抵达彼岸。不叛离，就没有彼岸。

因此，我虽然也很乐意阅读诗人的生平事迹，却不愿把他们的繁杂遭遇与他们的千古诗句直接对应。那样的繁杂遭遇，人人都碰到过，为什么只有他写出常人无法企及的诗句？可见那是一条孤单的小舟在天性指引下划破浩渺烟波而停泊到了彼岸的神圣诗境，这与此岸的生态已经非常遥远。

遗憾的是，世间的学者、教师，总习惯于删却孤单小舟，删却浩渺烟波，将此岸和彼岸硬拉生扯地搅和在一起，其实也就是驱逐了神圣诗境。

还是回到这首《早发白帝城》吧。李白的高妙，首先是在交通条件还很原始的古代，完成了极短的时间和较长的空间的奇异置换。这种在“一日”和“千里”之间的奇异置换，昭示了人类生命力有可能达到的畅快，因此能使一切读者产生一种生命的动态喜悦。

这种人类生命力的畅快和喜悦实在太珍罕、太精彩了，因此诗人借一些自然力来衬托和喝彩。哪些自然力？一是彩云；二是白帝城；

三是千里江陵；四是万重山。这四项，足够气派，又足够美丽，但都是静穆的，还缺一点声音，于是，李白拉出了“猿声”，还“啼不住”，于是视觉和听觉一起调动起来了，全盘皆活。

这“两岸猿声”，是一种自然存在，还是被李白的轻舟惊动，还是为李白的轻舟叫好？都可以。因为它没完没了，也就变成了一种绵绵不绝的交响伴奏。

比彩云、白帝城、千里江陵、万重山、猿声更为主动的，就是那条轻舟。它琐小、不定、无彩、无声，却以一种大运动，压过了前面这一切。山水云邑，只为大运动让路。

始终没有提到这种大运动的执掌者，那就是比轻舟更琐小的诗人。山水云邑为大运动的轻舟让路，其实也就是为诗人让路。边让路边喝彩，今天，千里山河的主人就是他了。由此，千里山河也因他而焕发了诗情、诗魂。是轻舟在写诗，也是彩云、白帝城、千里江陵、万重山、猿声一起在写诗。当然，这就写成了一首真正的大诗。尽管，只有四句，二十八个汉字。

诗的奇迹，莫过于此。因此，我把它列为必读唐诗第一首。

那就紧接着来看看第二首吧，也是李白的，《静夜思》，所有的中国人都会随口背诵。

床前明月光，疑是地上霜。

举头望明月，低头思故乡。

这首诗的通俗程度，进一步证明了极品唐诗都不深奥。研究专家更加不知怎么来显摆学识了，这让我深感痛快。我从几十年前开始就不断论述，学问和诗情是两回事，而对人类而言，诗情比学问更重要，却很少有人相信。直到我一次次搬出亚里士多德对诗和历史孰重孰轻的论述，大家还是不相信。人们似乎越来越崇拜那些引经据典、咬文嚼字的装腔群落，而不看重衣带飘飘、心怀天地的行吟身影。

在这个问题上，人们常常过于谦虚了，对于自己童年就会背诵的诗句有点轻视，而对于自己怎么也弄不明白的晦涩学问格外恭敬。其实，一千多年来五湖四海的学童都能琅琅背诵，背诵过后又终生不忘，这本身就是一个关及民族文化心理的宏大课题，比那些晦涩学问重要百倍。

由于那些研究专家对于《静夜思》的通俗无从下手，就走了偏门，专门去研究李白所思的故乡究竟在哪里。这就惹出了大麻烦，几个地方在争抢，都有历史考据文章做主撑，于是一下子又陷入了学术泥淖。“明月光”、“地上霜”全部都蒙上了一层层厚厚的污泥，再也找不到一丝诗情。其中，比较可信的论点是李白出生于今天吉尔吉斯斯坦北部的托克马克城，那时叫碎叶。那么，李白思念的故乡难道就是托克马克城吗，还是童年时迁徙到过的某个地方？我知道这个争抢还会长期继续，我更知道这一切与诗关系不大。

不被争抢的就是这四句诗，二十个字。那么，我们就回到非学术的诗句上来吧。

把“明月光”疑看成“地上霜”，很美，但美在诗人还没有醒透。因为诗人的床不会在露天，所以永远也不可能结霜在床前之地。如此一疑，倒是醒了。一醒就知道是月光，但如此明亮却是罕见，于是抬起头来望月。

——至此，已经有了诗意，却还没有诗情。诗情，往往产生于大空间的滑动式联想。也就是说，李白从一个疑似的错觉很诗意地找到月亮，而要调动诗情，还必须从月亮联想开去，而且必须是大空间的想象。他，很自然，又很天才地从明月联想到了故乡。

为什么说，从明月联想到了故乡至关重要？因为这个联想终于成了所有中国人的“习惯想象”。几乎一切中国人，在静夜仰月时都会联想到故乡，这个习惯就是由李白的这首诗养成的。以前也有人这样联想过，但不普及，不经典，与千年民众的心理习惯关系不大。一个诗人如果能用几句诗建立千年民众的心理习惯，那实在是问鼎了稀世伟大。李白用这首最通俗的诗，做到了。

由明月联想到故乡，他只是一笔带过，但这一笔之中包含的内容却极其丰富。人人都会从这个联想伸发出自己的各种感受，例如——

这月亮，我最早看到，是在故乡的屋顶；

这里与故乡远隔千里，只有它完全一样；

那夜妈妈正在门前月光下安排晚餐，一个骑士的黑暗遮住了餐桌，我们抬头一看，爸爸背了一个大月亮；

故乡童年的游戏，总是在夜间野外，因此，月亮是所有小伙伴每天的期盼；

今夜故乡的明月照见了什么？有没有几个我认得的身影？

可能没有什么变化，可能已经大变，月亮，你能告诉我吗？

这就是从月亮联想故乡的起点性话题，但这个话题又会无限展开，于是李白就从“举头”变成了“低头”。“举头”时已经想了很多，一“低头”，那就会想得越来越深入。因此，今天晚上李白要失眠一段时间了。

广大读者顺着李白铺下的“习惯想象”轨道，一见月亮就想故乡。月亮老是在头上，因此，故乡也就总是在心中。这就是一首名诗交给天下大地的魅力。

少数知道李白的读者在联想之后还会在心中发问：这个写下“中华第一思乡诗”的诗人，为什么总也不回故乡看看呢？他又没有什么公务缠身，也不怕长途跋涉，却一直思乡而不回乡，这中间一定有更深刻的哲理吧？

这里确实蕴藏着一种“诗人的哲理”，那就是：最美的故乡就在思念中。真回去了，那就太实了，不美了。因此，李白的故乡只能隐隐地浮动于“地上霜”和“明月光”之中，只能飘飘地出没在“举头”和“低头”之间。他太懂这种“诗人的哲理”，因此要小心翼翼地维护，决不走上回乡的路。

其实，对李白来说，故乡早已泛化、虚化、诗化。因此研究专家们不管做多少考证，写多少文章，都在背离他心中诗化了的故乡。你们争论得再热闹，他也不会关心，甚至还会气恼。

再讲必读唐诗第三首，还是李白的，题为《黄鹤楼送孟浩然之广陵》。也是四句——

故人西辞黄鹤楼，烟花三月下扬州。

孤帆远影碧空尽，唯见长江天际流。

研究专家们一定会花不少笔墨来写李白与孟浩然的友情，追溯他们这次告别的原因，以及孟浩然到扬州去干什么，李白当时的处境，等等。这些背景资料，说说也可，但不能本末倒置，而忘了千古诗魂。

《唐诗选脉会通评林》引陈继儒对这首诗的裁断："送别诗之祖"。

送别诗，本是古今诗坛中最重要的门类之一，居然可以在这首诗中认祖，可见这二十八个汉字成了一个极关键的始发之源。也就是说，它为后代的各种送别诗提供了"传代基因"。显然，这已经远远超越了两个人的具体交往。

那么，导致超越和传代的"基因"是什么呢？

第一，用高超的方式表现送别，往往只写景，少抒情，甚至不抒情。因为情分等级，一般之情可抒，最深之情不可抒，最好衍生出一个惊人的时空结构来安顿。

第二，用高超的方式表现送别，往往不拥抱、不拭泪、不叮咛，而是十分安静，好像什么事也没有发生。

第三，用高超的方式表现送别，不宜左顾右盼，最好聚焦于一方，着笔于另一方离开之后。

第四，用高超的方式表现送别，除特别需要的悲痛和细腻之外，多数要呈示出一种典仪高度，在气氛烘托上力求美丽、大气、开阔。

这四点，正可以由李白的这首诗来印证。

这首诗的送别礼仪，布置得美丽而贵重。地点是黄鹤楼，时间是烟花三月，至于被送者的目标扬州则更加美丽和贵重。诗的上半首有了这番提领，今天的送别就有了超常的力度。但是，这个力度并没有落到告别的两人身上，而是故意放过两人的场面，只留下送行者一人，安静地看着友人乘船远去。其实连友人的身影都见不到，看到的只是“孤帆远影”。那就是说，他们已经分手好一会儿了。

这里就出现了写诗的一种美学策略。短短四句，万千深情，只能严选一个“最有意味的场景”。李白显然是选对了：一个人，在高处眺望友人的孤舟越来越远，一直到完全看不见，消失在碧空之中。但是，这个场景的主角并不是孤舟，也不是孤舟上的友人，而是这个站在高处的眺望者。他凭着超长时间的眺望，凭着眼里只要还有一丝朋友的痕迹就绝不离开的行为，成了感动读者的主体形象。诗中没有写眺望者自己，却不经意地把自己写成了主角——送别的主角，江边的主角，情感的主角。这个无形的主角与孤帆远影连在一起，就构成了一个真正丰厚无比的“最有意味的场景”。这种美学策划，确实高明。

但是事情还没有完。等到孤帆消失于碧空之中，诗人还没有离开，又呆呆地看了一会儿长江。“唯见长江天际流”，这已经成了一个“空镜头”。但是，正是这个“空镜头”的定格，展现了送别的无限深度和广度。

由此，说这首诗是“送别诗之祖”，完全合格。

有人说，这几句诗，又用长江象征着友情。是吗？抱歉，这一点我倒是没有看出来。

就像我不喜欢抒情之诗一样，我也不喜欢哲理之诗。诗中本可渗透一点哲理，但是如果拿一首诗来做哲理的象征，或者通过象征达到哲理，都有点反客为主。哲理有不小的派头，它一来，诗情、诗魂只能让到一边去了，这就是“鸠占鹊巢”，不太好。诗的最高等级，还在于不动声色的极致情景。且让我们再诵读一遍这两句诗：“孤帆远影碧空尽，唯见长江天际流。”

在这篇文章的最后，想对接触唐诗不久的年轻人做几点更完整的提示。

第一，唐诗是诗，不是学问。诗与我们每个人的内心相关，因此，你们尽可以一门心思地去读那些“一上眼就喜欢”的诗。“一上眼就喜欢”，是现代心理学研究的重要现象，证明那些诗句与你自己的心理结构存在着“同构关系”。喜欢李白的这两句，证明千年之后的你，与写诗时的李白有一种隔代的心理共振。这是通向伟大的缆索，因此要抓住不放，反复吟诵。读这样的诗，其实是在读自己。读自己，也可以说是用唐诗唤醒自己，唤醒一个具有潜在诗魂的人。

第二，太复杂、深奥、艰涩的诗，可以暂时搁置。如果今后你选了中国古典文学专业，再读也不迟。我在前面说过，最好的唐诗都不喜欢生僻词汇和历史典故。这是唐诗在楚辞和汉赋之后的一次整体解放，也是唐诗能够轰动社会的原因之一。最好的唐诗，不允许学术硬块来阻挡流荡的诗情，而真正的诗情因为直通普遍人性，所以一定畅然无碍，人人可感。

第三，由此引出进一步的提示：读唐诗就是读唐诗，不要把衍生体、派生体、次生体当作唐诗本体。衍生体中，精简的注释倒是可以偶尔读一下，却不宜让太多知识性、资料性、考证性的文本挡住了视线。写这些文本的人，以诗的名义失去了诗，实在是一种无奈的文化牺牲，我们应该予以同情，却不必追随他们的失去程序。

必读宋词三十五首

1. 苏轼：念奴娇·赤壁怀古

大江东去，浪淘尽，千古风流人物。故垒西边，人道是，三国周郎赤壁。乱石穿空，惊涛拍岸，卷起千堆雪。江山如画，一时多少豪杰。

遥想公瑾当年，小乔初嫁了，雄姿英发。羽扇纶巾，谈笑间，樯橹灰飞烟灭。故国神游，多情应笑我，早生华发。人生如梦，一樽还酹江月。

2. 苏轼：水调歌头·中秋

明月几时有？把酒问青天。不知天上宫阙，今夕是何年。我欲乘风归去，又恐琼楼玉宇，高处不胜寒。起舞弄清影，何似在人间！

转朱阁，低绮户，照无眠。不应有恨，何事长向别时圆？

人有悲欢离合，月有阴晴圆缺，此事古难全。但愿人长久，千里共婵娟。

3. 苏轼：卜算子·黄州定惠院寓居作

缺月挂疏桐，漏断人初静。谁见幽人独往来，缥缈孤鸿影。

惊起却回头，有恨无人省。拣尽寒枝不肯栖，寂寞沙洲冷。

4. 苏轼：江城子·乙卯正月二十日夜记梦

十年生死两茫茫，不思量，自难忘。千里孤坟，无处话凄凉。纵使相逢应不识，尘满面，鬓如霜。

夜来幽梦忽还乡，小轩窗，正梳妆。相顾无言，惟有泪千行。料得年年肠断处，明月夜，短松冈。

5. 苏轼：蝶恋花·花褪残红青杏小

花褪残红青杏小。燕子飞时，绿水人家绕。枝上柳绵吹又少，天涯何处无芳草。

墙里秋千墙外道。墙外行人，墙里佳人笑。笑渐不闻声渐悄，多情却被无情恼。

6. 苏轼：定风波·沙湖道中遇雨

莫听穿林打叶声，何妨吟啸且徐行。竹杖芒鞋轻胜马，谁怕？一蓑烟雨任平生。

料峭春风吹酒醒，微冷，山头斜照却相迎。回首向来萧瑟处，归去，也无风雨也无晴。

7. 苏轼：临江仙·夜归临皋

夜饮东坡醒复醉，归来仿佛三更。家童鼻息已雷鸣。敲门都不应，倚杖听江声。

长恨此身非我有，何时忘却营营？夜阑风静縠纹平。小舟从此逝，江海寄余生。

8. 苏轼：江城子·密州出猎

老夫聊发少年狂，左牵黄，右擎苍，锦帽貂裘，千骑卷平冈。为报倾城随太守，亲射虎，看孙郎。

酒酣胸胆尚开张。鬓微霜，又何妨！持节云中，何日遣冯唐？会挽雕弓如满月，西北望，射天狼。

9. 李清照：声声慢·寻寻觅觅

寻寻觅觅，冷冷清清，凄凄惨惨戚戚。乍暖还寒时候，最难将息。三杯两盏淡酒，怎敌他、晚来风急！雁过也，正伤心，却是旧时相识。

满地黄花堆积，憔悴损，如今有谁堪摘？守着窗儿，独自怎生得黑！梧桐更兼细雨，到黄昏、点点滴滴。这次第，怎一个愁字了得！

10. 李清照：如梦令·昨夜雨疏风骤

昨夜雨疏风骤。浓睡不消残酒。试问卷帘人，却道海棠依旧。知否、知否？应是绿肥红瘦。

11. 李清照：醉花阴·薄雾浓云愁永昼

薄雾浓云愁永昼，瑞脑销金兽。佳节又重阳，玉枕纱厨，半夜凉初透。

东篱把酒黄昏后，有暗香盈袖。莫道不销魂，帘卷西风，人比黄花瘦。

12. 李清照：一剪梅·红藕香残玉簟秋

红藕香残玉簟秋。轻解罗裳，独上兰舟。云中谁寄锦书来？雁字回时，月满西楼。

花自飘零水自流。一种相思，两处闲愁。此情无计可消除，才下眉头，却上心头。

13. 李清照：如梦令·常记溪亭日暮

常记溪亭日暮，沉醉不知归路。兴尽晚回舟，误入藕花深处。争渡，争渡，惊起一滩鸥鹭。

14. 辛弃疾：永遇乐·京口北固亭怀古

千古江山，英雄无觅孙仲谋处。舞榭歌台，风流总被雨打风吹去。斜阳草树，寻常巷陌，人道寄奴曾住。想当年，金戈铁马，气吞万里如虎。

元嘉草草，封狼居胥，赢得仓皇北顾。四十三年，望中犹记，烽火扬州路。可堪回首，佛狸祠下，一片神鸦社鼓。凭谁问：廉颇老矣，尚能饭否？

15. 辛弃疾：水龙吟·登建康赏心亭

楚天千里清秋，水随天去秋无际。遥岑远目，献愁供恨，玉簪螺髻。落日楼头，断鸿声里，江南游子。把吴钩看了，栏干拍遍，无人会，登临意。

休说鲈鱼堪脍，尽西风季鹰归未？求田问舍，怕应羞见，刘郎才气。可惜流年，忧愁风雨，树犹如此！倩何人唤取，红巾翠袖，揾英雄泪？

16. 辛弃疾：菩萨蛮·书江西造口壁

郁孤台下清江水，中间多少行人泪。西北望长安，可怜无数山。

青山遮不住，毕竟东流去。江晚正愁余，山深闻鹧鸪。

17. 辛弃疾：破阵子·为陈同甫赋壮词以寄之

醉里挑灯看剑，梦回吹角连营。八百里分麾下炙，五十弦翻塞外声，沙场秋点兵。

马作的卢飞快，弓如霹雳弦惊。了却君王天下事，赢得生前身后名。可怜白发生！

18. 辛弃疾：青玉案·元夕

东风夜放花千树。更吹落，星如雨。宝马雕车香满路。凤箫声动，玉壶光转，一夜鱼龙舞。

蛾儿雪柳黄金缕，笑语盈盈暗香去。众里寻他千百度，蓦然回首，那人却在，灯火阑珊处。

19. 辛弃疾：西江月·夜行黄沙道中

明月别枝惊鹊，清风半夜鸣蝉。稻花香里说丰年，听取蛙声一片。

七八个星天外，两三点雨山前。旧时茅店社林边，路转溪桥忽见。

20. 辛弃疾：丑奴儿·书博山道中壁

少年不识愁滋味，爱上层楼。爱上层楼，为赋新词强说愁。

而今识尽愁滋味，欲说还休。欲说还休，却道天凉好个秋。

21. 辛弃疾：西江月·遣兴

醉里且贪欢笑，要愁那得工夫。近来始觉古人书，信着全无是处。

昨夜松边醉倒，问松我醉何如。只疑松动要来扶，以手推松曰去！

22. 辛弃疾：鹧鸪天·有客慨然谈功名因追忆少年时事戏作

壮岁旌旗拥万夫，锦襜突骑渡江初。燕兵夜娖银胡觮，汉箭朝飞金仆姑。

追往事，叹今吾，春风不染白髭须。却将万字平戎策，换得东家种树书。

23. 辛弃疾：南乡子·登京口北固亭有怀

何处望神州？满眼风光北固楼。千古兴亡多少事？悠悠，不尽长江滚滚流！

年少万兜鍪，坐断东南战未休。天下英雄谁敌手？曹刘。生子当如孙仲谋！

24. 陆游：卜算子·咏梅

驿外断桥边，寂寞开无主。已是黄昏独自愁，更著风和雨。

无意苦争春，一任群芳妒。零落成泥碾作尘，只有香如故。

25. 陆游：诉衷情·当年万里觅封侯

当年万里觅封侯，匹马戍梁州。关河梦断何处？尘暗旧貂裘。

胡未灭，鬓先秋，泪空流。此生谁料，心在天山，身老沧洲。

26. 陆游：鹊桥仙·一竿风月

一竿风月，一蓑烟雨，家在钓台西住。卖鱼生怕近城门，况肯到红尘深处？

潮生理棹，潮平系缆，潮落浩歌归去。时人错把比严光，我自是无名渔父。

27. 陆游：鹊桥仙·华灯纵博

华灯纵博，雕鞍驰射，谁记当年豪举？酒徒一半取封侯，独去作江边渔父。

轻舟八尺，低篷三扇，占断蘋洲烟雨。镜湖元自属闲人，又何必官家赐与？

28. 陆游：钗头凤·红酥手

红酥手，黄縢酒。满城春色宫墙柳。东风恶，欢情薄。一怀愁绪，几年离索。错，错，错。

春如旧，人空瘦。泪痕红浥鲛绡透。桃花落，闲池阁。山盟虽在，锦书难托。莫，莫，莫！

29. 张元幹：贺新郎·送胡邦衡待制

梦绕神州路。怅秋风，连营画角，故宫离黍。底事昆仑倾砥柱，九地黄流乱注？聚万落千村狐兔。天意从来高难问，况人情，老易悲难诉！更南浦、送君去。

凉生岸柳催残暑。耿斜河、疏星淡月，断云微度。万里江山知何处？回首对床夜语。雁不到、书成谁与？目尽青天怀今古，肯儿曹恩怨相尔汝？举大白，听《金缕》。

30. 岳飞：满江红·怒发冲冠

怒发冲冠，凭栏处、潇潇雨歇。抬望眼、仰天长啸，壮怀激烈。三十功名尘与土，八千里路云和月。莫等闲、白了少年头，空悲切。

靖康耻，犹未雪。臣子恨，何时灭。驾长车踏破，贺兰山缺。壮志饥餐胡虏肉，笑谈渴饮匈奴血。待从头、收拾旧山河，朝天阙。

31. 柳永：雨霖铃·寒蝉凄切

寒蝉凄切，对长亭晚，骤雨初歇。都门帐饮无绪，留恋处，兰舟催发。执手相看泪眼，竟无语凝噎。念去去，千里烟波，暮霭沉沉楚天阔。

多情自古伤离别，更那堪，冷落清秋节？今宵酒醒何处？杨柳岸，晓风残月。此去经年，应是良辰好景虚设。便纵有千种风情，更与何人说？

32. 范仲淹：渔家傲·秋思

塞下秋来风景异。衡阳雁去无留意。四面边声连角起。千嶂里，长烟落日孤城闭。

浊酒一杯家万里。燕然未勒归无计。羌管悠悠霜满地。人不寐，将军白发征夫泪。

33. 秦观：鹊桥仙·七夕

纤云弄巧，飞星传恨，银汉迢迢暗度。金风玉露一相逢，便胜却人间无数。

柔情似水，佳期如梦，忍顾鹊桥归路。两情若是久长时，又岂在朝朝暮暮。

34. 晏殊：浣溪沙·一曲新词酒一杯

一曲新词酒一杯，去年天气旧亭台。夕阳西下几时回？

无可奈何花落去，似曾相识燕归来。小园香径独徘徊。

35. 陈亮：水调歌头·送章德茂大卿使虏

不见南师久，漫说北群空。当场只手，毕竟还我万夫雄。自笑堂堂汉使，得似洋洋河水，依旧只流东？且复穹庐拜，会向藁街逢！

尧之都，舜之壤，禹之封。于中应有，一个半个耻臣戎！万里腥膻如许，千古英灵安在，磅礴几时通？胡运何须问，赫日自当中！

附论：宋词的最高峰峦

宋代文学的第一主角，是词。其实宋诗也不错，但是面对前辈唐诗和同辈的宋词，应该谦让了。宋代的散文超过唐代，但是边上有了词，也应该谦让了。

“词”这个东西，就像我们现在歌唱界常说的“歌词”、“曲词”一样，与音乐有紧密关系。唐代是一个充满歌声的时代，从胡乐到燕乐的歌词，常被称为“曲子词”。中唐之后一些文人开始认真地依声填词，这就形成了与诗很不一样的“长短句”。白居易、刘禹锡、张志和等人都写过不错的词，晚唐温庭筠的贡献更大一些。到了南唐小朝廷时期，国事纷乱而文事发达，宰相冯延巳和国君李璟都是一代词家，而李璟的儿子李煜，更是一个划时代的巨匠。

李煜后来成了宋朝的俘虏。这个俘虏他的王朝的最高文学标志，却由他在俘虏屋里擦着眼泪默默奠基。这事很怪异，也很幽默。不管哪个朝代、哪个国家，俘虏营、俘虏屋、俘虏岛，大多是汇聚大量奇险而悲怆诗情的地方。只不过，那些作品很难传得出来。李煜是特例，不仅传出来了，而且几乎整个中国都记住了他的一些句子。“春花秋月何时了，往事知多少”；“问君能有几多愁，恰似一江春水向东流”；“流水落花春去也，天上人间”；“剪不断，理还乱，是离愁，别是一般滋味在心头”……

“一江春水向东流”的幽咽之叹，终于变成了“大江东去”的豪迈之声。宋词堂皇登台，一时间风起云涌。

宋词的第一主角，是苏东坡。

对此，很少听到异议。因为有《念奴娇·赤壁怀古》和《水调歌头·中秋》。

这两首词的巨大魅力，已经远远超出词的范畴，也远远超越了宋代。苏东坡本人，也因它们而登上了最高文化峰峦。

为什么会这样？为什么是这两首？

大家早就习惯了大概念的讲述，我今天且另辟蹊径，只讲具体创作技法。

第一个原因：由宏大情景开头。

篇幅不大的文学作品，开头非常重要。如果开头平平，多数粗心的读者就不会继续深入，而对那些很有耐心的读者而言，也失落了“开门见山”的惊喜。因此，能否把读者一把拉住，而且拉得有力，开头占了一半功效。

很多诗词的开头，会从一个心理感慨出发，包括很多佳作也是如此。但是，多数读者在刚刚面对一个作品时，心理结构的大门尚未完全打开，还处于一种试探状态。兜头一盆感慨之水或哲理之水，会让人缺少足够的接受准备。因此，感慨和哲理不妨放后一点儿，最好的开头应该是情景。让读者进入情景比较容易，一旦进入，就可以任你引导了。

但是，情景的设定也大有讲究。多数诗词的情景，往往出自诗人当下的庭院图像，如霜晨飞雀，篱下落花，可触可感，容易动情。这样当然也能写出优秀作品，但毕竟，气格小了一点儿，缺少一种强大的吸附之力和裹卷之力。

这就可以发现苏东坡这两首词的不凡之处了，那就是，具有强大的吸附之力和裹卷之力。

这两种力的起点，是宏大情景。一首，是俯看滚滚长江；另一首，是仰视中秋之月。这两个情景，人人都能感受，一感受便能拓宽胸怀，找到一种浩渺的亲切感，其实也就是找到了一个提升了的自己。这就会让读者立即移情，黏着于词句之间了。“大江东去，浪淘尽，千古风流人物”，这是任何人在江边都产生过的感受；“明月几时有，把酒问青天，不知天上宫阙，今夕是何年”，这是任何人在仰月时都产生过的想象。也就是说，只要是人，面对巨大而恒久的自然物时都会在内心迸发出天赋诗意，苏东坡的这两首词把这种诗意叩发出来了。

因此，读诗的人，已经是半个诗人。

第二个原因：宏大情景粘住了读者，还不够，必须粘得更深一点儿，把这个宏大情景写足、写透。

这是很多诗词做不到的。有了一个好的开头，往往就纵笔滑走，匆忙表述自己的感悟了。例如比苏东坡晚了四百多年的杨慎写的《临江仙》就是一种标准格式：“滚滚长江东逝水，浪花淘尽英雄，是非成败转头空。”这也写得不错，却是通常的写作套路。苏东坡不会这样，他一定要把已经引出来的大江写透，写“故垒西边”，写“乱石穿空，惊涛拍岸”，写“卷起千堆雪”，这就把进入情景的读者深度裹卷了，而且是感性裹卷，很难拒绝。当读者已经被深度裹卷，于是只要轻轻点化一句感悟，大家全都顺势接受了：“江山如画，一时多少豪杰。”

那首《水调歌头》，也没有立即从月亮联想到一个意念，而是把观月的情景描写到了无以复加的地步。你看，既在猜想天宫中的日历，又在设想自己如果飞上去了之后受不住上面的寒冷。寒冷归寒冷，但那是非常美丽的“琼楼玉宇”。既然上不去，那就看月光下来吧，“转朱阁，低绮户，照无眠”。请注意，写了那么多，还没有把意念塞给读者，仍然是在透彻地赏月。这实在是高明极了，赏月赏到了天上人间的无垠穿越，把一个情景搅成了极致性的运动状态，而这一切又全在广大读者都能感受的范围之内。

由此可知，最高等级的大作品，总是着力于想象和描写，而不是议论和抒情。如果急急地进入议论和抒情，也可能是好作品，却不可能是大作品。

第三个原因：感悟于低调、朦胧。

在情景里翻腾得那么透，享受了那么久，最后总要表达一些感悟了吧。

这当然是需要的，否则作品缺少了一个归结点，很难结束。但是，这里最常见的误会是，以为大作品必须引出一个最深刻、最响亮的结论。很多文学史家也常常用这种思路来分析各个作品。

但是不能忘了，文学就是文学，并不是哲学。在美的领域，要的是寻常的感悟，而不是惊世的结论。真正传世的大作品，精神走向一定不是战歌式的嘹亮清晰，而总是朦胧的、低调的、模糊的，因此也是浩茫的、多义的、无限的。

请看《念奴娇》，在道尽了大江英雄陈迹之后，并不伤感，并不批判，也不说教，只是淡淡表示自己在“多情”的“神游”中已经“早生华发”。感叹了一下“人生如梦”之后就举起了酒杯祭洒。祭洒给谁？是给大江？给周瑜？给人生？给自己？都可以。就在这“都可以”的低调朦胧中，一个大作品才没有陷落于一端而变小。而且，正是在低调朦胧中，美的景象才能留存得完满而没有被意念割碎。

《水调歌头》也是一样，没有决断，没有怨恨，没有结论。这个作品归结于一种温暖的劝慰：即使离别也“不应有恨”。“人有悲欢离合，月有阴晴圆缺，此事古难全。”是啊，在“悲欢离合”这四个字当中，每个字都能做出大量激情勃发的好文章，但苏东坡站在这些好文章之上轻轻一笑，说这都是自然现象，不必求全。彼此活得长一点儿，就好了，而这也只是一个愿望。仍然是一片暖洋洋的朦胧，足以融化一切。

正是这种低调朦胧，使一切读者都能放松进入，又放松离开。好像没有得到什么，却看到了一个知心的异代兄长的精神微笑。这种精神微笑，又与自己有关，因此分外亲切。

这就是这两首词让人百读不厌的技术原因。

必读宋诗十三首

1. 陆游：剑门道中遇微雨

衣上征尘杂酒痕，远游无处不消魂。

此身合是诗人未？细雨骑驴入剑门。

2. 陆游：示儿

死去元知万事空，但悲不见九州同。

王师北定中原日，家祭无忘告乃翁。

3. 陆游：秋夜将晓出篱门迎凉有感（其二）

三万里河东入海，五千仞岳上摩天。

遗民泪尽胡尘里，南望王师又一年。

4. 陆游：书愤

早岁那知世事艰，中原北望气如山。

楼船夜雪瓜洲渡，铁马秋风大散关。

塞上长城空自许，镜中衰鬓已先斑。

出师一表真名世，千载谁堪伯仲间！

5. 陆游：游山西村

莫笑农家腊酒浑，丰年留客足鸡豚。
山重水复疑无路，柳暗花明又一村。
箫鼓追随春社近，衣冠简朴古风存。
从今若许闲乘月，拄杖无时夜叩门。

6. 苏轼：题西林壁

横看成岭侧成峰，远近高低各不同。
不识庐山真面目，只缘身在此山中。

7. 苏轼：和子由渑池怀旧

人生到处知何似？应似飞鸿踏雪泥。
泥上偶然留指爪，鸿飞那复计东西。
老僧已死成新塔，坏壁无由见旧题。
往日崎岖还记否？路长人困蹇驴嘶。

8. 苏轼：惠崇春江晚景（其一）

竹外桃花三两枝，春江水暖鸭先知。
蒌蒿满地芦芽短，正是河豚欲上时。

9. 王安石：泊船瓜洲

京口瓜洲一水间，钟山只隔数重山。
春风又绿江南岸，明月何时照我还？

10. 李清照：乌江

生当作人杰，死亦为鬼雄。

至今思项羽，不肯过江东。

11. 朱熹：观书有感（其一）

半亩方塘一鉴开，天光云影共徘徊。

问渠那得清如许？为有源头活水来。

12. 文天祥：过零丁洋

辛苦遭逢起一经，干戈寥落四周星。

山河破碎风飘絮，身世浮沉雨打萍。

惶恐滩头说惶恐，零丁洋里叹零丁。

人生自古谁无死？留取丹心照汗青。

13. 文天祥：正气歌

天地有正气，杂然赋流形。下则为河岳，上则为日星。于人曰浩然，沛乎塞苍冥。皇路当清夷，含和吐明庭。时穷节乃见，一一垂丹青。

在齐太史简，在晋董狐笔，在秦张良椎，在汉苏武节；为严将军头，为嵇侍中血，为张睢阳齿，为颜常山舌；或为辽东帽，清操厉冰雪；或为出师表，鬼神泣壮烈；或为渡江楫，慷慨吞胡羯；或为击贼笏，逆竖头破裂。是气所磅礴，凛烈万古存。当其贯日月，生死安足论。

地维赖以立，天柱赖以尊。三纲实系命，道义为之根。嗟余遘阳九，隶也实不力。楚囚缨其冠，传车送穷北。鼎镬甘如饴，求之不可得。阴房阒鬼火，春院闷天黑。牛骥同一皂，鸡栖凤凰食。一朝蒙雾露，分作沟中瘠。如此再寒暑，百沴自辟易。哀哉沮洳场，为我安乐国。岂有他谬巧，阴阳不能贼。顾此耿耿在，仰视浮云白。悠悠我心忧，苍天曷有极。

哲人日已远，典刑在夙昔。风檐展书读，古道照颜色。

名家论余秋雨

余秋雨先生把唐宋八大家所建立的散文尊严又一次唤醒了。或者说，他重铸了唐宋八大家诗化地思索天下的灵魂。

——白先勇

余秋雨的有关文化研究蹈大方，出新裁。他无疑拓展了当今文学的天空，贡献巨大。这样的人才百年难得，历史将会敬重。

——贾平凹

北京有年轻人为了调侃我，说浙江人不会写文章。就算我不会，但浙江人里还有鲁迅和余秋雨。

——金庸

中国散文，在朱自清和钱锺书之后，出了余秋雨。

——余光中

余秋雨先生每次到台湾演讲，都在社会上激发起新一波的人文省思。海内外的中国人，都变成了余先生诠释中华文化的读者与听众。

——美国威斯康星大学荣誉教授　高希均

余秋雨先生对中国文化的贡献功不可没。他三次来美国演讲，无论是在联合国的国际舞台，还是在华美人文学会、哥伦比亚大学、哈佛大学、纽约大学或国会图书馆的学术舞台，都为中国了解世界，世界了解中国搭建了新的桥梁。他当之无愧是引领读者泛舟世界文明长河的引路人。

——联合国中文教学组前组长　何勇

余秋雨文化大事记

·1946年8月23日出生于浙江省余姚县桥头镇（今属慈溪），在家乡读完小学。

·1957年至1963年，先后就读于上海新会中学、晋元中学、培进中学至高中毕业。其间，曾获上海市作文比赛首奖、上海市数学竞赛大奖。

·1963年考入上海戏剧学院戏剧文学系，但入学后以下乡参加农业劳动为主。

·1966年夏天遇到了一场极端主义的政治运动，家破人亡。父亲余学文先生因被检举有“错误言论”而被关押十年，全家八口人经济来源断绝；唯一能接济的叔叔余志士先生又被造反派迫害致死。1968年被发配到军垦农场服劳役，每天从天不亮劳动到天全黑，极端艰苦。

·1971年“九一三事件”后，周恩来总理为抢救教育而布置复课、编教材。从农场回上海后被分配到“各校联合教材编写组”，但自己择定的主要任务是冒险潜入外文书库独自编写《世界戏剧学》，对抗当时以“八个革命样板戏”为代表的文化极端主义。

·1976年1月，编写教材被批判为“右倾翻案”，又因违反禁令主持周恩来的追悼会而被查缉，便逃到浙江省奉化县大桥镇半山一座封闭的老藏书楼研读中国古代文献，直至此年10月那场政治运动结束，下山返回上海。

·1977年至1985年，投入重建当代文化的学术大潮，陆续出版了《世界戏剧学》、《中国戏剧史》、《观众心理学》、《艺术创造学》、*Some Observations on the Aesthetics of Primitive Chinese Theatre* 等一系列学术著作，先后获全国优秀教材一等奖、上海哲学社会科学著作奖、全国戏剧理论著作奖。

· 1985 年 2 月，由上海各大学的学术前辈联名推荐，在没有担任过副教授的情况下直接晋升为正教授。

· 1986 年 3 月，因国家文化部在上海戏剧学院举行的三次民意测验中均名列第一，被任命为上海戏剧学院副院长、院长。主持工作一年后，即被文化部教育司表彰为“全国最有现代管理能力的院长”之一。与此同时，又出任上海市咨询策划顾问、上海市写作学会会长、上海市中文专业教授评审组组长兼艺术专业教授评审组组长。被授予“国家级突出贡献专家”、“上海十大高教精英”等荣誉称号。

· 1989 年至 1991 年，几度婉拒了升任更高职位的征询，并开始向国家文化部递交辞去院长职务的报告。辞职报告先后共递交了 23 次，终于在 1991 年 7 月获准辞去一切行政职务，包括多种荣誉职务和挂名职务。辞职后，孤身一人从西北高原开始，系统考察中国文化的重要遗址。当时确定的考察主题是“穿越百年血泪，寻找千年辉煌”。在考察沿途所写的“文化大散文”《文化苦旅》、《山居笔记》等，快速风靡全球华文读书界，由此成为最具影响力的华文作家之一。

· 1991 年 5 月，发表《风雨天一阁》，在全国开启对历代图书收藏壮举的广泛关注。

·1992年2月开始，先后被多所著名大学聘为荣誉教授或兼职教授，例如复旦大学、上海交通大学、同济大学、上海大学、中国科技大学、西安交通大学等。

·1993年1月，发表《一个王朝的背影》，充分肯定少数民族王朝入主中原的特殊生命力，重新评价康熙皇帝，开启此后多年“清宫戏”的拍摄热潮。

·1993年3月，发表《流放者的土地》，系统揭示清朝统治集团迫害和流放知识分子的凶残面目，并展现筚路蓝缕的“流放文化”。

·1993年7月，发表《苏东坡突围》，刻画了中国文化史上最有吸引力的人格典范，借以表现优秀知识分子所必然面临的一层层来自朝廷和同行的酷烈包围圈，以及“突围”的艰难。此文被海峡两岸暨香港、澳门的报刊广为转载。

·1993年9月，发表《千年庭院》，颂扬了中国古代最优秀的教学方式——书院文化，发表后在全国教育界产生不小影响。

·1993年11月，发表《抱愧山西》，系统描述并论证了中国古代最成功的商业奇迹——晋商文化，为当时正在崛起的经济热潮寻得了一个古代范本。此文发表后读者无数，传播广远。

·1994年3月，发表《天涯故事》，梳理了沉埋已久的海南岛文化简史，并把海南岛文化归纳为“生态文明”和“家园文明”，主张以吸引旅游为其发展前景。

·1994年5月至7月，发表长篇作品《十万进士》（上、下），完整地清理了千年科举制度对中国文化的正面意义和负面意义。

·1994年9月，发表《遥远的绝响》，描述魏晋名士对中国文化的震撼性记忆。由于文章格调高尚凄美，一时轰动文坛。

· 1994年11月，发表《历史的暗角》，系统列述了“小人”在中国文化中的隐形破坏作用，以及古今君子对这个庞大群体的无奈。发表后在海峡两岸暨香港、澳门引起巨大反响，被公认为“研究中国负面人格的开山之作”。

· 1995年4月，应邀为四川都江堰题写自拟的对联“拜水都江堰，问道青城山”，镌刻于该地两处。

· 1996年7月，多家媒体经调查共同确认余秋雨为“全国被盗版最严重的写作人”，由此被邀请成为“北京反盗版联盟”的唯一个人会员，并被聘为“全国扫黄打非督导员（督察证为B027号）”。

· 1998年6月，新加坡召集规模盛大的“跨世纪文化对话”而震动全球华文世界。对话主角是四个华人学者，除首席余秋雨教授外，还有哈佛大学的杜维明教授、威斯康星大学的高希均教授和新加坡艺术家陈瑞献先生。余秋雨的演讲题目是《第四座桥》。

· 1999年2月，为妻子马兰创作的剧本《秋千架》隆重上演，极为轰动，打破了北京长安大戏院的票房纪录。在台湾地区演出更是风靡一时，场场爆满。

· 1999年开始，引领和主持香港凤凰卫视对人类各大文明遗址的历史性考察，成为目前世界上唯一贴地穿越数万公里危险地区的人文教授，也是“9·11”事件之前最早向文明世界报告恐怖主义控制地区实际状况的学者。由此被日本《朝日新闻》选为“跨世纪十大国际人物”。

· 2002年4月，应邀为李白逝世地撰写《采石矶碑》（含书法），镌刻于安徽马鞍山三台阁。

· 从2000年开始，由于环球考察在海内外所造成的巨大影响，国内一些媒体为了追求“逆反刺激”的市场效应而发起诽谤。先由北京大学一个学生误信了一个上海极左派文人的传言进行颠倒批判，即把当年冒险潜入外文书库独自编写《世界戏剧学》的勇敢行动诬陷为“文革写作”，并误植了笔名“石一歌”。由此，形成十余年的诽谤大潮，并随之出现了一批“啃余族”。余秋雨先生对所有的诽谤没有做任何反驳和回击，他说：“马行千里，不洗尘沙。”

·2003 年 7 月，由于多年来在中央电视台的文化栏目中主持“综合文史素质测试”而成为全国观众的关注热点，上海一个当年的造反派代表人物就趁势做逆反文章，声称《文化苦旅》中有很多“文史差错”，全国上百家报刊转载。10 月 19 日，我国当代著名文史权威章培恒教授发文指出，经他审读，那个人的文章完全是“攻击”和“诬陷”，而那个人自己的“文史知识”连一个高中生也不如。

·2004 年 2 月，由于有关“石一歌”的诽谤浪潮已经延续四年仍未有消停迹象，余秋雨就采取了“悬赏”的办法。宣布“只要证明本人曾用这个笔名写过一篇、一段、一节、一行、一句这种文章，立即支付自己的全年薪金”，还公布了执行律师的姓名。十二年后，余秋雨宣布悬赏期结束，以一篇《“石一歌”事件》做出总结。

·2004 年 3 月，参加联合国开发计划署《人类发展报告》的设计、研讨和审核。

·2004 年年底，被联合国教科文组织、北京大学、《中华英才》杂志社等单位选为“中国十大文化精英”、“中国文化传播坐标人物”。

·2005 年 4 月，应邀赴美国巡回演讲：

1）4 月 9 日讲《中国文化的困境和出路》（在纽约市立大学亨特学院）；

2）4 月 10 日讲《中国知识分子的问题所在》（在北美华文作家

协会）；

3）4月12日上午讲《空间意义上的中华文化》（在马里兰大学）；

4）4月12日下午讲《君子的脚步》（在华盛顿国会图书馆）；

5）4月13日讲《时间意义上的中华文化》（在耶鲁大学）；

6）4月15日讲《中国文化所追求的集体人格》（在哈佛大学）；

7）4月17日讲《中华文化的三大优势和四大泥潭》（在休斯敦美南华文写作协会）。

· 2005年7月20日，在联合国“世界文化大会”上发表主旨演讲《利玛窦的结论》，论述中国文明自古以来的非侵略本性，引起极大轰动。演说的论据，后来一再被各国政界、学界引用。收入书籍时，标题改为《中华文化的非侵略本性》。

· 2005年11月，应邀撰写《法门寺碑》（含书法），镌刻于陕西法门寺大雄宝殿前的影壁。

· 2006年4月，应邀撰写《炎帝之碑》（含书法），镌刻于湖南株洲炎帝陵纪念塔。

· 2005年至2008年，被香港浸会大学聘请为“健全人格教育奠基教授”，每年在香港工作时间不少于半年。

· 2006年，在香港凤凰卫视开办日播栏目《秋雨时分》，以一整年时间畅谈中华文化的优势和弱势，播出后在海内外产生广泛影响。

· 2007年1月，发表《问卜中华》，详尽叙述了甲骨文的出土在中国文明濒临湮灭的二十世纪初年所带来的神奇力量，同时论述了商代的历史面貌。

· 2007年3月，发表《古道西风》，系统叙述了中华文化的两大始祖老子和孔子的精神风采。

·2007 年 5 月，发表《稷下学宫》，对比古希腊的雅典学院，将两千年前东西方两大学术中心进行平行比照。

·2007 年 7 月，发表《黑色的光亮》，以充满感情的笔触表现了平民思想家墨子的人格光辉。

·2007 年 8 月，应邀为七十年前解救大批犹太难民的中国外交官何凤山博士撰写碑文（含书法），镌刻于湖南益阳何凤山纪念墓地。

·2007 年 9 月，发表《诗人是什么》，论述“中国第一诗人”屈原为华夏文明注入的诗化魂魄，分析了他获得全民每年纪念的原因，并解释了一些历史误会。

·2007 年 11 月，发表《历史的母本》，以最高坐标评价了司马迁为整个中华民族带来的历史理性和历史品格。

·2008 年 5 月 12 日，中国发生“汶川大地震”，第一时间赶到灾区参加救援。见到遇难学生留在废墟间的破残课本，决定以夫妻两人三年薪水的总和默默捐建三个学生图书馆，却被人在网络上炒作成“诈捐”，在全国范围喧闹了两个月之久。后由灾区教育局一再说明捐建实情，又由王蒙、冯骥才、张贤亮、贾平凹、刘诗昆、白先勇、余光中等名家纷纷为三个学生图书馆题词，风波才得以平息。

·2008 年 9 月，上海市教育委员会颁授成立“余秋雨大师工作室”。上海市静安区政府决定为“余秋雨大师工作室”赠建办公小楼。

·2008 年 12 月，为妻子马兰创作的中国音乐剧《长河》在上海大剧院隆重上演，受到海内外艺术精英的极高评价。

·2009 年 5 月，应邀为山西大同云冈石窟题词“中国由此迈向大唐”，镌刻于石窟西端。

·2010 年 1 月，《扬子晚报》在全国青少年读者中做问卷调查“你最喜爱的中国当代作家”，余秋雨名列第一。“冠军奖座”是钱为教授雕塑的余秋雨铜像。

· 2010 年 3 月 27 日，获澳门科技大学所颁“荣誉文学博士”称号。同时获颁荣誉博士称号的有袁隆平、钟南山、欧阳自远、孙家栋等著名专家。

· 2010 年 4 月 30 日，接受澳门科技大学任命，出任该校人文艺术学院院长。宣布在任期间每年年薪五十万港元全数捐献，作为设计专业和传播专业研究生的奖学金。

· 2010 年 5 月 21 日，联合国发布自成立以来第一份以文化为主题的“世界报告”，发布仪式的主要环节，是联合国教科文组织总干事博科娃女士与余秋雨先生进行一场对话。余秋雨发言的标题为《驳“文明冲突论”》。

· 2012 年 1 月至 9 月，最终完成以莱辛式的“极品解析”方法来论述中国美学的著作《极品美学》。

· 2012 年 10 月 12 日，中国艺术研究院成立“秋雨书院”。北京众多著名学者、企业家出席成立大会，并热情致辞。该书院是一个培养博士生的高层教学机构，现培养两个专业的博士研究生：一、中国文化史专业；二、中国艺术史专业。

· 2013 年 10 月 18 日下午，再度应邀赴美国纽约联合国总部大厦演讲《中华文化为何长寿》。当天联合国网站将此演讲列为国际第一要闻。

· 2013 年 10 月 20 日，在纽约大学演讲《中国文脉简述》。

· 2013 年 12 月，完成庄子《逍遥游》的巨幅行草书写，并将《逍遥游》译成可诵可吟的现代散文。

· 2014 年 1 月，完成屈原《离骚》的巨幅行书书写，并将《离骚》译成可诵可吟的现代散文。

·2014年1月31日，完成《祭笔》。此文概括了作者自己握笔写作的艰辛历程。

·2014年3月，发表以现代思维解析《般若波罗蜜多心经》的文章《解经修行》，并由此开始写作《修行三阶》、《〈金刚经〉简释》、《〈坛经〉简释》。

·2014年4月，《余秋雨学术六卷》出版发行。

·2014年5月，古典象征主义小说《冰河》（含剧本）出版发行。

·2014年8月，系统论述中华文化人格范型的《君子之道》出版发行，立即受到海峡两岸读书界的热烈欢迎。

·2014年10月，《秋雨合集》二十二卷出版发行。

·2014年10月28日，出任上海图书馆理事长。

·2015年3月，再度应邀在海峡对岸各大城市进行“环岛巡回演讲”，自台北市、新北市、台中市到高雄市。双目失明的星云大师闻讯后从澳大利亚赶回，亲率僧侣团队到高雄车站长时间等待和迎接。这是余秋雨自1991年后第四次大规模的环岛演讲。本次演讲的主题是“中华文化和君子之道”。

·2015年4月，悬疑推理小说《空岛》和人生哲理小说《信客》出版。

·2015年9月，应邀为佛教胜地普陀山书写《心经》，镌刻于该岛回澜亭。

·2016年3月，应邀为佛教胜地宝华山书写《心经》，镌刻于该山平台。

·2016年7月，中华书局出版《中华文化读本》七卷，均选自余秋雨著作。

· 2016 年 11 月，被选为世界余氏宗亲会名誉会长。

· 2017 年 5 月 25 日至 6 月 5 日，中国美术馆举办“余秋雨翰墨展”（中国艺术研究院主办），参观者人山人海，成为中国美术馆建馆半个多世纪以来最为轰动的展出之一。中国文联主席兼中国作协主席铁凝说：“这个展览气势恢宏，彰显了秋雨先生令人慨叹的文化成就，使我对先生的为人和为文有了新的感受。”中国书法家协会原主席张海说：“即使秋雨先生没有写过那么多著作，光看书法，也是真正专业的大书法家。”国务院参事室主任王仲伟说：“余先生的书法作品，应该纳入国家收藏。”据统计，世界各地通过网络共享这次翰墨展的华侨人数，超过千万。

· 2017 年 9 月，记忆文学集《门孔》出版发行。此书被评为《中国文脉》的当代续篇，其中有的文章已成为近年来网上最轰动的篇目。作者以自己的亲身交往描写了巴金、黄佐临、谢晋、章培恒、陆谷孙、星云大师、饶宗颐、金庸、林怀民、白先勇、余光中等一代文化巨匠，同时也写了自己与妻子马兰的情感历程。作者对《门孔》这一书名的阐释是：“守护门庭，窥探神圣。”

· 2017 年 12 月，《境外演讲》出版发行。此书收集了作者在联合国的三次演讲，又汇集了在美国各地和我国港澳地区巡回演讲和电视讲座的部分记录，被专家学者评为“打开中华文化之门的钥匙”。

· 2018 年全年，应喜马拉雅网上授课平台之邀，把中国艺术研究院“秋雨书院”的博士课程向全社会开放，播出《中国文化必修课》。截至 2019 年 10 月，收听人次已经超过六千万。

（周行、刘超英整理，经余秋雨大师工作室校核）

图书在版编目（CIP）数据

文典一览 / 余秋雨著 .— 北京：北京联合出版公司，2022.1

ISBN 978-7-5596-5683-4

Ⅰ. ①文… Ⅱ. ①余… Ⅲ. ①散文集－中国－当代 Ⅳ. ① I267

中国版本图书馆 CIP 数据核字（2021）第 220111 号

文典一览

作　　者：余秋雨
出 品 人：赵红仕
责任编辑：夏应鹏

北京联合出版公司出版
（北京市西城区德外大街 83 号楼 9 层　100088）
北京盛通印刷股份有限公司印刷　新华书店经销
字数 267 千字　700 毫米 × 980 毫米　1/16　印张 24.25
2022 年 1 月第 1 版　2022 年 1 月第 1 次印刷
ISBN 978-7-5596-5683-4
定价：98.00 元

总 策 划：金克林
封面设计：石　磊

责任编辑：夏应鹏
监　　制：魏　玲
特约策划：何　寅
产品经理：杨海泉
特约编辑：夏　冰
营销统筹：金　颖

排版制作：壹原视觉
今亮后声

上架建议：文化 散文
ISBN 978-7-5596-5683-4
9 787559 656834 >
定价：98.00 元

文典名篇书法

余秋雨书写

编辑说明

余秋雨先生手书的《离骚》、《逍遥游》全文，分别长达一百多米，体量巨大，在中国美术馆举办的『余秋雨翰墨展』中，各自占据了最大展厅的整整一面墙。如此篇幅若在本书中逐页呈现，显然会给出版带来太重的负荷。因此，采用了部分选字版与鸟瞰式的全景缩略版相结合的方式，以求精简。

離騷行書全文

離騷

帝高陽之苗裔兮朕

皇考曰伯庸攝提

貞於孟陬兮惟庚

寅吾以降　皇览
揆余初度兮肇锡
余以嘉名名余正则兮
字余曰灵均纷吾既

有此内美兮又重之以
修能扈江離與辟
芷兮紉秋之蘭以為佩
汨余若將不及兮恐年

歲之不吾與朝搴阰之
木蘭兮夕攬洲之宿
莽日月忽其不淹兮
春與秋其代序惟草

木之零落兮恐美人
之遲暮不撫壯而棄
穢兮何不改乎此度乘
騏驥以馳騁兮來吾道

夫先路昔三后之純粹
兮固眾芳之所在雜申
椒與菌桂兮豈維紉夫
蕙茝彼堯舜之耿介兮

兮既遵道而得路何
桀纣之猖披兮夫唯捷
径以窘步惟夫党人之
偷乐兮路幽昧以险隘

豈余身之憚殃兮恐皇
輿之敗績忽奔走以先
後兮及前王之踵武荃
不察余之中情兮反

信讒而齌怒余固知謇謇之為患兮忍而不能舍也指九天以正兮夫唯靈脩之故也

曰營合以爲期月是中
道而汲綠福既與余
咸之乎後悔道而爲
他余既不難夫雖別

兮傷靈脩之數化
余既滋蘭之九畹兮
又樹蕙之百畝畦留
夷與揭車兮雜杜衡

與芳芷冀枝葉之峻
茂兮願俟時乎吾將刈
雖萎絕其亦何傷兮
哀眾芳之蕪穢眾皆

離騷

帝高陽之苗裔兮朕
皇考曰伯庸攝提
貞於孟陬兮惟庚
寅吾以降　皇覽
揆余初度兮肇錫
余以嘉名名余曰正則兮
字余曰靈均紛吾既
有此內美兮又重之以
修能扈江離與辟
芷兮紉秋蘭以為佩
汩余若將不及兮恐年
歲之不吾與朝搴阰之
木蘭兮夕攬洲之宿
莽日月忽其不淹兮
春與秋其代序惟草
木之零落兮恐美人
之遲暮不撫壯而棄

他余既不難夫離別
兮傷靈脩之數化
余既滋蘭之九畹兮
又樹蕙之百畝畦留
夷與揭車兮雜杜衡
與芳芷冀枝葉之峻
茂兮願竢時乎吾將刈
雖萎絕其亦何傷兮
哀眾芳之蕪穢眾皆
競進以貪婪兮憑不
厭乎求索羌內恕己以
量人兮各興心而嫉妒
忽馳騖以追逐兮
非余心之所急老冉冉
其將至兮恐脩名之不
立朝飲木蘭之墜露
兮夕餐秋菊之落英
苟余情其信姱以練要

夫先路昔三后之純粹
兮固衆芳之所在雜申
椒與菌桂兮豈維紉夫
蕙茝彼堯舜之耿介
兮既遵道而得路何
桀紂之猖披兮夫唯捷
徑以窘步唯夫黨人之
偷樂兮路幽昧以險隘
豈余身之憚殃兮恐皇
輿之敗績忽奔走以先
後兮及前王之踵武荃
不察余之中情兮反
信讒而齌怒余固知
謇謇之爲患兮忍而
不能舍也指九天以正
兮夫唯靈修之故也
曰黄昏以爲期兮羌中
道而改路初既與余
成言兮後悔遁而有

荔之落蕊矯菌桂以紉
蕙索胡繩之纚纚謇
吾法夫前修兮非世
俗之所服雖不周於
今之人兮願依彭咸之
遺則長太息以掩
涕兮哀民生之多艱
余雖好修姱以鞿羈
兮謇朝誶而夕替
既替余以蕙纕兮又
申之以攬茝亦余心之
所善兮雖九死其猶
未悔怨靈修之浩
蕩兮終不察夫民心
衆女嫉余蛾眉兮謡
諑謂余善淫固時俗
之工巧兮偭規矩而
改錯背繩墨以追曲競
周容以爲度忳鬱邑

余侘傺兮吾独穷困乎此时也宁溘死以流亡兮余不忍为此态也鸷鸟之不群兮自前世而固然何方圜之能周兮夫孰异道而相安屈心而抑志兮忍尤而攘诟伏清白以死直兮固前圣之所厚悔相道之不察兮延伫乎吾将反回朕车以复路兮及行迷之未远步余马于兰皋兮驰椒丘且焉止息进不入以离尤兮退将复修吾初服制芰荷以为衣兮集芙蓉以为裳不吾知其亦已兮苟

前圣以节中兮喟凭心而历兹济沅湘以南征兮就重华而陈词启九辩九歌夏康娱以自纵不顾难以图后兮五子用失乎家巷羿淫游以佚畋兮又好射夫封狐固乱流其鲜终兮浞又贪夫厥家浇身被服强圉兮纵欲而不忍日康娱而自忘兮厥首用夫颠陨夏桀之常违兮乃遂焉而逢殃后辛之菹醢兮殷宗用而不长汤禹俨而祗敬兮周论道而莫差举

離芳與澤其雜糅兮唯昭質其猶未虧忽反顧以遊目兮將往觀乎四荒佩繽紛其繁飾兮芳菲菲其彌章民生各有所樂兮余獨好修以為常雖體解吾猶未變兮豈余心之可懲女嬃之嬋媛兮申申其詈予曰鯀婞直以亡身兮終然殀乎羽之野汝何博謇而好修兮紛獨有此姱節薋菉葹以盈室兮判獨離而不服眾不可戶說兮孰云察余之中情世並舉而好朋兮夫何煢獨而不予聽依

乎覽民德焉錯輔夫唯聖哲以茂行兮苟得用此下土瞻前而顧後兮相觀民之計極夫孰非義而可用兮孰非善而可服阽余身而危死兮覽余初其猶未悔不量鑿而正枘兮固前修以菹醢曾歔欷余鬱邑兮哀朕時之不當攬茹蕙以掩涕兮霑余襟之浪浪跪敷衽以陳辭兮耿吾既得此中正駟玉虬以乘鷖兮溘埃風余上征朝發軔於蒼梧兮夕余至乎縣圃欲少留此靈瑣兮日

忽忽其將暮吾令羲
和弭節兮望崦嵫
而勿迫路漫漫其修
遠兮吾將上下而求
索飲余馬於咸池兮
總余轡於扶桑折
若木以拂日兮聊逍
遙以相羊前望舒使
先驅兮後飛廉使
奔屬鸞皇為余先
戒兮雷師告余以未
具吾令鳳鳥飛騰
兮繼之以日夜飄風屯
其相離兮帥雲霓
而來御紛總總其離合
兮斑陸離其上下吾令
帝閽開關兮倚閶
闔而望予時曖曖其將
罷兮結幽蘭而延佇

令鴆為媒兮鴆告余
以不好雄鳩之鳴逝
兮余猶惡其佻巧心
猶豫而狐疑兮欲自
適而不可鳳皇既受
詒兮恐高辛之先我
欲遠集而無所止兮
聊浮游以逍遙及
少康之未家兮留有
虞之二姚理弱而媒拙
兮恐導言之不固世
溷濁而嫉賢兮好蔽
美而稱惡閨中既已
邃遠兮哲王又不寤
懷朕情而不發兮余
焉能忍與此終古索
藑茅以筳篿兮命
靈氛為余占之曰兩美

白水兮登閬風而緤
馬忽反顧而流涕兮
哀高丘之無女溘吾
遊此春宮之折瓊枝
以繼佩及榮華之
未落兮相下女之可詒
吾令豐隆乘雲兮求
宓妃之所在解佩纕
以結言兮吾令蹇脩
以為理紛總總其離合
兮忽緯繣其難遷夕
歸次於窮石兮朝濯
髮乎洧盤保厥美以
驕傲兮日康娛以淫遊
雖信美而無禮兮來
違棄而改求覽相觀
於四極兮周流乎天余
乃下望瑤台之偃蹇
兮見有娀之佚女吾

是其有女曰勉遠逝
而無狐疑兮孰求美而
釋女何所獨無芳
草兮爾何懷乎故宇
世幽昧以眩曜兮孰云
察余之善惡民好惡其
不同兮惟此黨人其獨
異戶服艾以盈要兮
謂幽蘭其不可佩覽
察草木其猶未得兮
豈珵美之能當蘇糞
壤以充幃兮謂申椒
其不芳欲從靈氛
之吉占兮心猶豫而狐
疑巫咸將夕降兮懷
椒糈而要之百神翳
其備降兮九疑繽其
並迎皇剡剡其揚靈
兮告余以吉故曰勉

陞降以上下兮求矩
矱之所同湯禹儼
而求合兮摯咎繇
而能調苟中情其好
修兮又何必用夫
行媒說操築於傅
巖兮武丁用而不疑呂
望之鼓刀兮遭周文
而得舉寧戚之謳
歌兮齊桓聞以該
輔及年歲之未晏
兮時亦猶其未央恐
鵜鴂之先鳴兮使
夫百草為之不芳何
瓊佩之偃蹇兮衆
薆然而蔽之惟此黨
人之不諒兮恐嫉妒而折
之時繽紛其變易

兮聊浮遊而求女及
余飾之方壯兮周流
觀乎上下靈氛既告
余以吉占兮歷吉日乎
吾將行折瓊枝以
為羞兮精瓊爢以為
粻為余駕飛龍兮雜
瑤象以為車何離心
之可同兮吾將遠
逝以自疏邅吾道夫
崑崙兮路修遠以周
流揚雲霓之晻藹兮
鳴玉鸞之啾啾朝發
軔於天津兮夕余至
乎西極鳳皇翼其
承旂兮高翺翔之翼翼
忽吾行此流沙兮
遵赤水而容與麾

化而為茅何昔日
之芳草兮今直為此
蕭艾也豈其有他故
兮莫好脩之害也余
以蘭為可恃兮羌
無實而容長委厥美
以從俗兮苟得列乎眾
芳椒專佞以慢慆兮
榝又欲充夫佩幃
既干進而務入兮又何
芳之能祗固時俗之
流從兮又孰能無變
化覽椒蘭其若茲兮
又況揭車與江離惟
茲佩之可貴兮委
厥美而歷茲芳菲菲
而難虧兮芬至今猶
未沬和調度以自娛

以多艱兮騰眾車使
徑待路不周以左轉兮
指西海以為期屯余
車其千乘兮齊玉軑
而並馳駕八龍之婉婉
載雲旗之委蛇抑
志而弭節兮神高馳
之邈邈奏九歌而舞
韶兮聊假日以媮樂
陟升皇之赫戲兮
忽臨睨夫舊鄉僕
夫悲余馬懷兮蜷局
顧而不行亂曰已矣
哉國無人莫我知
兮又何懷乎故都既
莫足與為美政兮吾
將從彭咸之所居

右屈原離騷全文

余秋雨書

詩經選書

诗经选书

关关雎鸠在河之洲窈窕淑女君子好逑参差荇菜左右流之窈窕淑女寤

寐求之求之不得寤寐
思服悠哉悠哉輾轉反
側參差荇菜左右
采之窈窕淑女琴瑟
友之參差荇菜左右
芼之窈窕淑女鐘鼓樂

之
靜如其情象於懷
得畫而不見揮毫之跡
動如其無照象飛動
飛發反歸情得如美自
收歸以意洵美且異趣

女之為美美人之貽
青青子衿悠悠我心縱
我不往子寧不嗣音青青
子佩悠悠我思縱我不
往子寧不來挑兮達兮
在城闕兮一日不見如三

月下

蒹葭蒼蒼白露為霜

所謂伊人在水一方

溯洄從之道阻且長溯

游從之宛在水中央

蒹葭淒淒白露未晞

所謂伊人在水之湄遡
洄從之道阻且躋遡游
從之宛在水中坻蒹
葭采采白露未已所謂
伊人在水之涘遡洄從
之道阻且右遡游從之

宛在水中沚

风雨凄凄，鸡鸣喈喈。既见君子，云胡不夷。风雨潇潇，鸡鸣胶胶。既见君子，云胡不瘳。风雨如晦，鸡鸣不已。既见君子，云胡不喜。

坎坎伐檀兮寘之河之
干兮河水清且涟猗
不稼不穑胡取禾三百
廛兮不狩不猎胡瞻尔
庭有县貆兮彼君子兮
不素餐兮坎坎伐辐兮

寘之河之側兮河水清且直猗不稼不穡胡取禾三百億兮不狩不獵胡瞻爾庭有縣特兮彼君子兮不素食兮坎坎伐輪兮寘之河之漘

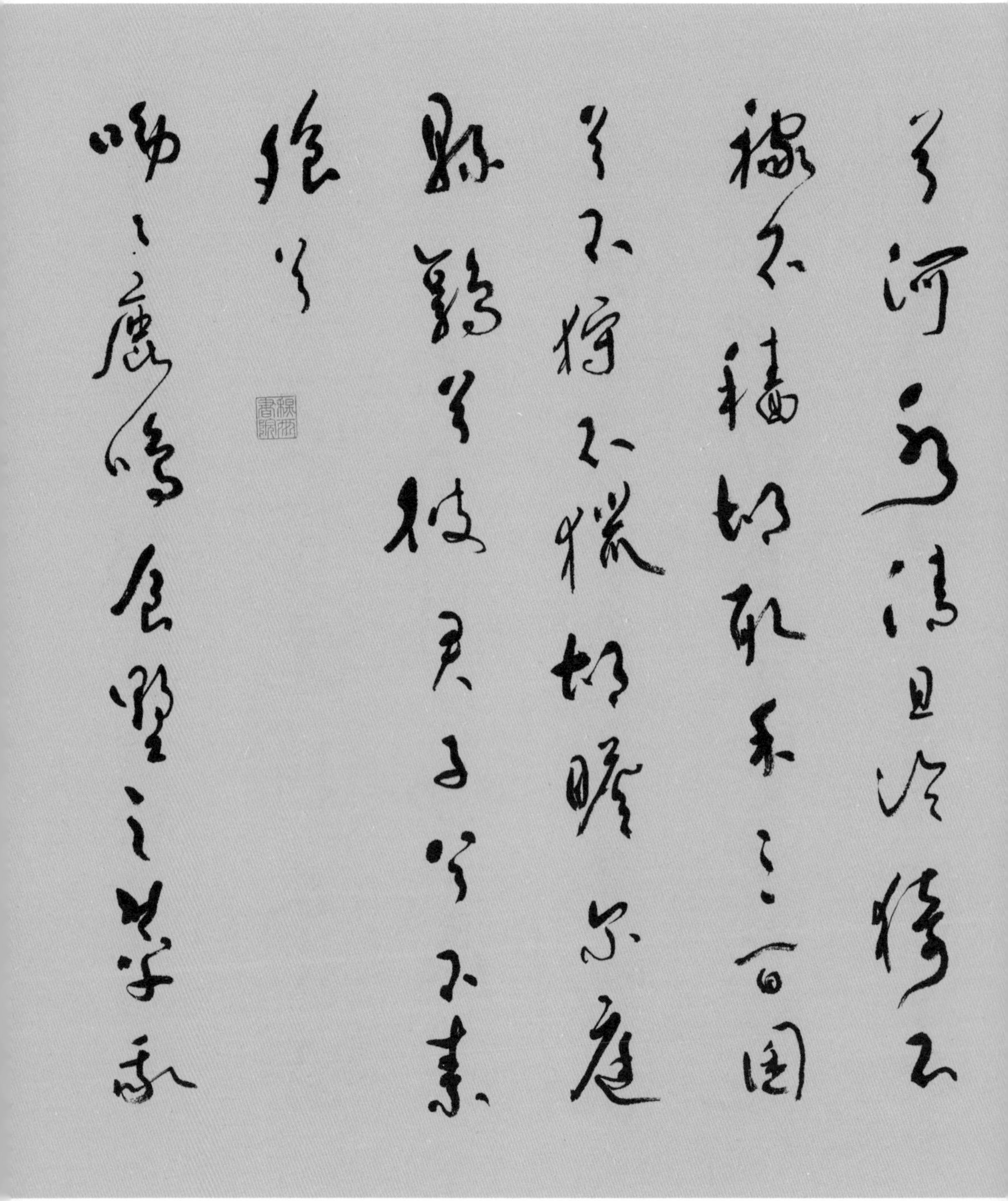

兮河水清且涟猗不
稼不穑胡取禾三百廛
兮不狩不猎胡瞻尔庭
县貆兮彼君子兮不素
飧兮
呦呦鹿鸣食野之苹

有嘉宾鼓瑟吹笙吹笙
鼓簧承筐是将人之好
我示我周行呦呦鹿鸣
食野之蒿我有嘉宾德
音孔昭视民不恌君子是
则是效我有旨酒嘉

賓式燕敖呦呦鹿鳴食
野之芩我有嘉賓鼓
瑟鼓瑟鼓琴鼓琴和
樂且湛我有旨酒以
燕樂嘉賓之心
泛彼柏舟亦泛其流耿耿

不寐如有隱憂微我
無酒以敖以遊我心匪鑒
不可以茹亦有兄弟不
可以據薄言往愬逢
彼之怒我心匪石不可轉
也我心匪席不可卷也

威儀棣棣不可選也憂
心悄悄慍於羣小覯閔
既多受侮不少靜言思之
寤辟有摽日居月諸
胡迭而微心之憂矣如
匪澣衣靜言思之不

衛風氓
氓之蚩蚩抱布貿絲匪來
貿絲來即我謀送子涉
淇至于頓丘匪我愆期子
無良媒將子無怒秋以爲
期乘彼垝垣以望復關

不足没画注洋进孔足
没闻戴笑戴之之不卜示
筵禮草各之之以示东康
以我昭迈索之来萧其
篆决若於羲之鸿管草良
荣甚於羲之如何草兴士

耽士之耽兮犹可说也
女之耽兮不可说也桑之
落矣其黄而陨自我徂尔
三岁食贫淇水汤汤渐
车帷裳女也不爽士贰
其行士也罔极二三其

流之歲不歸處寶
勞矣今無損靡有
毀矣之沒遂矣至於無
矣先第不勉嗟其笑矣靜
之思之神自悼矣何借
老之使衆然識則有岸

但到存在靈魂角落之寂寂
寞寞之後撫旦旦夜是
不思知已焉哉

庚子暮春之日

余秋雨書

逍遥游行草全文

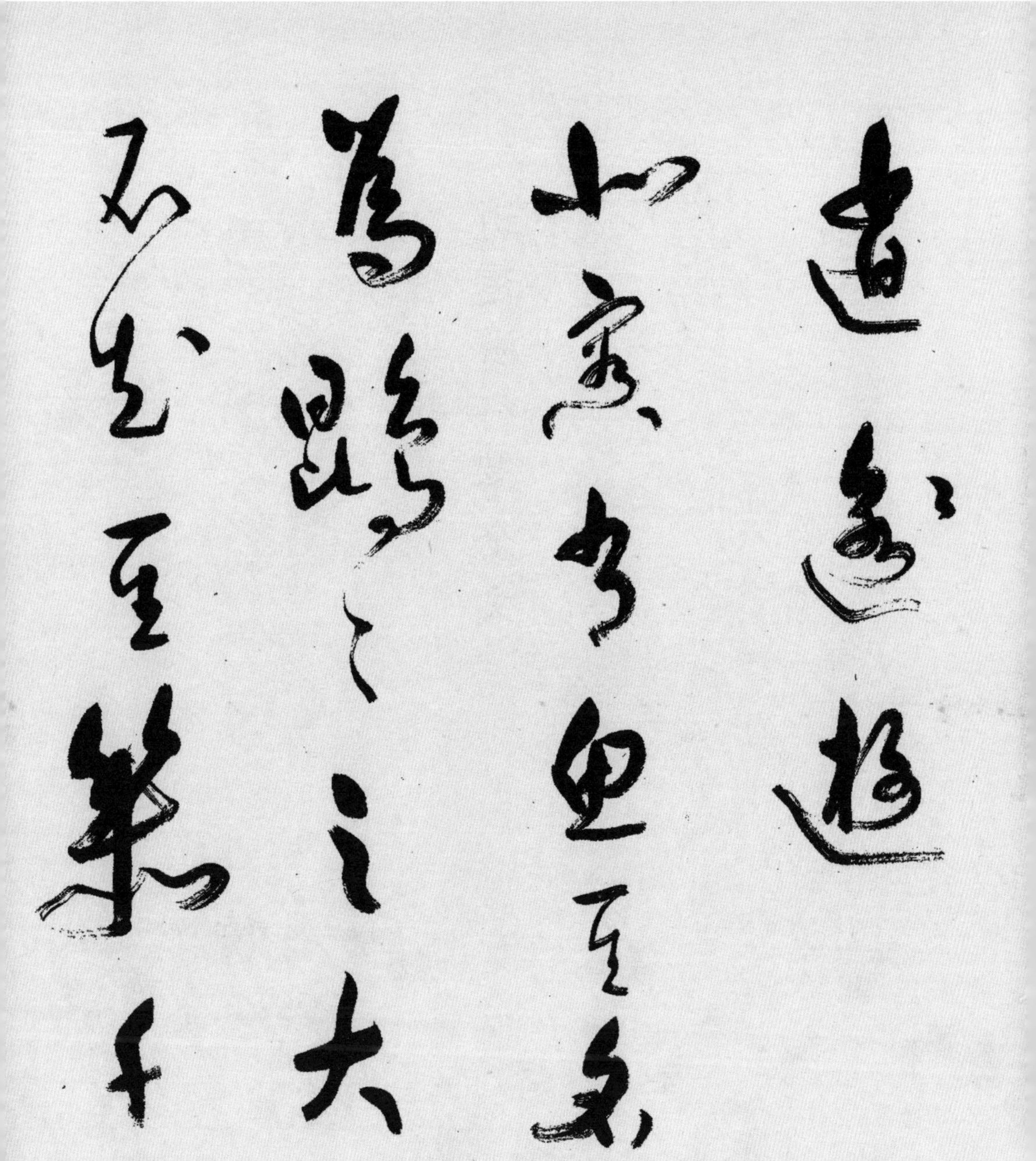

里化而為鳥其
名為鵬鵬之背
不知其幾千里
也怒而飛其翼
若垂天之雲

是鳥也海運
則將徙於南冥
南冥者天池也
齊諧者志怪者
也諧之言曰鵬之

徙於南冥也水
擊三千里摶扶
搖而上者九萬
里去以六月息者
也野馬也塵埃也

生物之以息相吹
也天之苍苍其正色
邪其远而无
所至极邪其视
下也亦若是则已

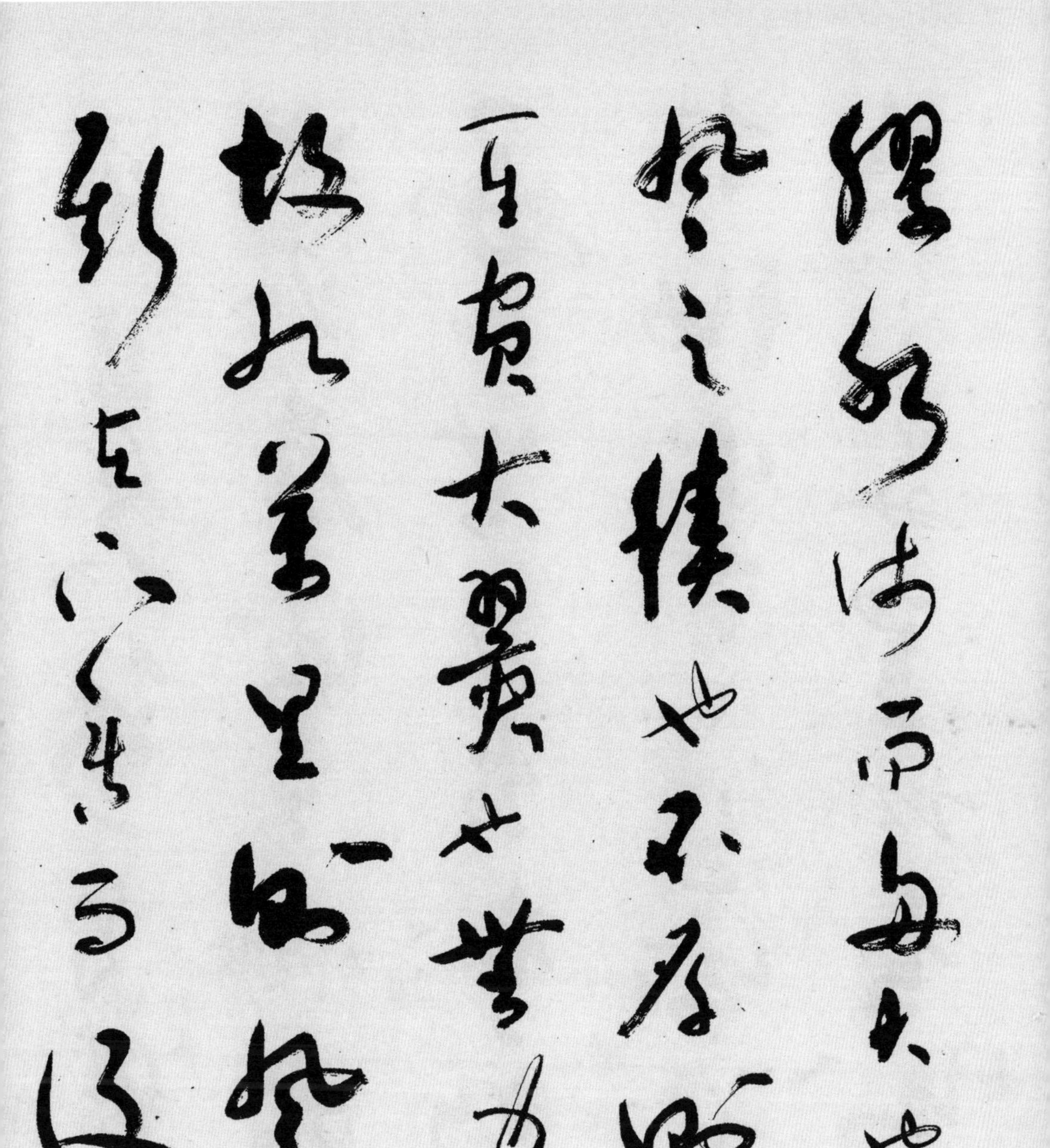

乃今培風背負
青天而莫之夭
閼者而後乃今
將圖南蜩與學
鳩笑之曰我決

逍遥遊

北冥有魚其名
為鯤鯤之大
不知其幾千
里化而為鳥其
名為鵬鵬之背
不知其幾千里
也怒而飛其翼
若垂天之雲
是鳥也海運
則將徙於南冥
南冥者天池也

於坳堂之上則芥
為之舟置杯焉則
膠水淺而舟大也
風之積也不厚則
其負大翼也無力
故九萬里則風
斯在下矣而後
乃今培風背負
青天而莫之夭
閼者而後乃今
將圖南蜩與學
鳩笑之曰我決
起而飛搶榆枋

徙於南冥也水
擊三千里摶扶
搖而上者九萬
里去以六月息者
也野馬也塵埃也
生物之以息相吹
也天之蒼蒼其正色
邪其遠而無
所至極邪其視
下也亦若是則已
矣且夫水之積
也不厚則其負大
舟也無力覆杯

以之九萬里而南
為適莽蒼者三
飡而反腹猶果然
適百里者宿舂
糧適千里者三月
聚糧之二蟲又何
知小知不及大知
小年不及大年
奚以知其然也朝
菌不知晦朔蟪
蛄不知春秋此小
年也楚之南有
冥靈者以五百歲

为春五百岁为秋
上古有大椿者以
八千岁为春八千
岁为秋而彭祖乃
今以久特闻众
人匹之不亦悲乎
汤之问棘也是已
穷发之北有冥海
者天池也有鱼焉
其广数千里未有
知其修者其名为鲲
有鸟焉其名为鹏
背若泰山翼若

者而宋荣子犹然
笑之且举世而誉
之而不加劝举世
而非之而不加沮定
乎内外之分辩乎
荣辱之境斯
已彼其于世未
数数然也虽然犹
有未树也夫列子
御风而行泠然
善也旬有五日
而后反彼于致
福者未数数然也

萬里絕雲氣負
青天然後圖南
且適南冥也斥鴳
笑之曰彼且奚適
也我騰躍而上不過
數仞而下翱翔蓬
蒿之間此亦飛之
至也而彼且奚適
也此大小之辯也故
夫知效一官行
比一鄉德合一君
而徵一國者其
自視也亦若此

乘天地之正而御
六氣之辯以遊
無窮者彼且惡
乎待哉故曰至
人無己神人
無功聖人無名
堯讓天下於許
由曰日月出矣而
爝火不息其於光
也不亦難乎時雨
降矣而猶浸灌
其於澤也不亦
勞乎夫子立而天

下治而我犹尸之
吾自视缺然请
致天下许由曰子
治天下天下既已治
也而我犹代子吾
将为名乎名者实
之宾也吾将为
宾乎鹪鹩巢于
深林不过一枝偃
鼠饮河不过满
腹归休乎君
予无所用天下为
庖人虽不治庖尸

之外其神凝使
物不疵疠而年
谷熟吾以是狂而
不信也连叔曰然
瞽者无以与乎文
章之观聋者无
以与乎钟鼓之
声岂唯形骸有
聋盲哉夫知
亦有之是其言也
犹时女也之人也之
德也将旁礴万物
以为一世蕲乎乱

連叔曰吾聞言於接輿大而無當往而不反吾驚怖其言猶河漢而無極也大有逕庭不近人情焉連叔曰其言謂何哉曰藐姑射之山有神人居焉肌膚若冰雪淖約若處子不食五穀吸風飲露乘雲氣御飛龍而遊乎四海

之人大浸稽天而不溺大旱金石流土山焦而不熱是其塵垢秕糠將猶陶鑄堯舜者也孰肯以物為事宋人資章甫而適諸越越人斷髮文身無所用之堯治天下之民平海內之政往見四子藐姑射之山汾水之陽窅然喪其天下焉惠子謂莊子

曰魏王貽我大瓠
之種我樹之成
而實五石以盛水
漿其堅不能自
舉也剖之以為瓢
則瓠落無所容
非不呺然大也吾
為其無用而掊之
莊子曰夫子固拙
於用大矣宋人有
善為不龜手之藥
者世世以洴澼絖為
事客聞之請買
其方百金聚族而

猶有蓬之心也夫
惠子謂莊子曰吾
有大樹人謂之樗
其大本擁腫而不
中繩墨其小枝卷
曲而不中規矩
立之塗匠者不顧
今子之言大而無
用衆所同去也莊
子曰子獨不見狸
狌乎卑身而伏
以候敖者東西跳
梁不辟高下中
於機辟死於罔

一朝而鬻技百金
請與之客得之以
説吴王越有難吴
王使之將冬與越
人水戰大敗越
人裂地而封之能
不龜手一也或以封
或不免於洴澼
絖則所用之異也今子
有五石之瓠何不
慮以為大樽而浮
於江湖而憂其瓠
落無所容則夫子
猶有蓬之心也夫

此能為大矣而
不能執鼠今子
有大樹患其無
用何不樹之於
無何有之鄉廣莫
之野彷徨乎無為
其側逍遥乎寢
卧其下不夭斤斧
物無害者無所可
用安所困苦哉
右莊子逍遥游篇文
余秋雨書

歸去來兮辭

歸去來兮辭

歸去來兮田園將蕪胡

不歸既自以心為形役奚

惆悵而獨悲悟已往之不

諫知來者之可追實

迷途其未遠覺今
是而昨非舟遙遙以輕
颺風飄飄而吹衣問
征夫以前路恨晨光
之熹微乃瞻衡宇

载欣载奔僮仆欢
迎稚子候门三径
就荒松菊犹存携
幼入室有酒盈樽
引壶觞以自酌眄

庭柯以怡颜倚南
窗以寄傲审容膝之
易安园日涉以成趣
门虽设而常关策
扶老以流憩时矫首

以遐觀雲無心以出岫
鳥倦飛而知還景翳翳
以將入撫孤松而盤
桓歸去來兮請息交
以絕遊世與我而相遺

復駕言兮焉求悅親
戚之情話樂琴書以
消憂農人告余以春
及將有事於西疇或
命巾車或棹孤舟

既窈窕以尋壑亦
崎嶇而經丘木欣欣以
向榮泉涓涓而始流善
萬物之得時感吾生之
行休已矣乎寓形宇

内复几时曷不委心任
去留胡为遑遑欲何之
富贵非吾愿帝乡不
可期怀良辰以孤往
或植杖而耘耔登东

臯以舒嘯臨清流而賦
詩聊乘化以歸盡樂
夫天命復奚疑

右陶渊明归去来兮辞

犹记得三十余年前我在

聊城仪式上曾诵此篇

余秋雨书

送李愿歸盤谷序

韓愈

送李愿歸盤谷序

太行之陽有盤谷

盤谷之間泉甘而

土肥草木叢茂居

民鲜少或曰谓其环
两山之间故曰盘或
曰是谷也宅幽而
势阻隐者之所盘旋
友人李愿居之愿之

言曰人之称大丈夫者
我知之矣利泽施于
人名声昭于时坐
于庙朝进退百官
而佐天子出令其在

外則樓鎮艤羅列矣
或大舸可從長塞達
供給之人多執其物
遼遠而疾馳甚於
賞然有利於時

满吾道古今而之盛

德入而不能曲着

豐能清静而便捷

秀然而惠中躧轻

裾翩长袖拂白绿

者到過之閭居爐
竊同真情多妍而取
婦大丈夫之道也於
之子用力於嘗之者
之所為也吾小患也而

遇之是有命焉不可率而致也窮居而野處升高而望遠坐茂樹以終日濯清泉以自潔采於山美可茹

釣於水鮮可食起
居無時惟適之安
與其有譽於前孰若
無毁於其後與其有
樂於身孰若無憂

於其心未服不往曰錯
不於理竟不能治
不聞大義不達於
時務之所為也不足
以之何論於公卿

之門奉老於政教
之途將進而趨
日得之而緣靈霄
流識而不遷緣謝
而謀戰機偉於萬一

老死而後止者其於為
人賢不肖何如也昌黎
韓愈聞其言而壯之
與之酒而歌曰盤之
中維子之宮盤之土

可以稼盤之泉
可濯可沿盤之阻誰
爭子所窈而深廓其
有容繚而曲如往而
復嗟盤之樂兮樂

且無豺虎豹害遠之
蝮蛇遁藏鬼神守
護以嘉樓之祥飲且
食以壽而康茲不足
以寶所望吾骨吾事

以精其道從事於

聲以終其生以偉

余秋雨書

愚溪詩序

愚溪诗序

灌水之阳有溪焉东流
入于潇水或曰冉氏尝居
也故姓是溪为冉溪或曰可
以染也名之以其能故谓之染
溪余以愚触罪谪潇水

上爱是溪入二三里尤绝者
家焉古有愚公谷今余家
是溪而名莫能定土之
居者犹龂龂然不可以不
更也故更之为愚溪愚溪
之上买小丘为愚丘自愚丘

东北行六十步得泉焉又
买居之为愚泉愚泉凡六穴
皆出山下平地盖上出也
合流屈曲而南为愚沟
遂负土累石塞其隘为
愚池愚池之东为愚堂

其南為愚亭池之中為
愚島嘉木異石錯置皆
山水之奇者以余故咸
以愚辱焉夫水智者樂
也今是溪獨見辱於愚
何哉蓋其流甚下不可

以溉灌又峻急多坻石大
舟不可入也幽邃淺狹蛟
龍不屑不能興雲雨無
以利世而適類於予然則
雖辱而愚之可也寧武
子邦無道則愚智而為

愚者也颜子终日不违如
愚睿而为愚者也若不得
为真愚亦会遗其道而远
於理情猶了如凡为愚
者莫能知之也其次则天
下莫能争是须余何常而

名馬溪雖異利於世而善
鑒賞類清瑩秀潤鏘
鳴金石能作東愚去就發音
慕樂而不能去也今雖不
合於俗然猶以文墨自慰
濡染筆楮寫似龍百態而無

所避之以愚辭歌愚溪則茫然而不違昏然而同歸超鴻蒙混希夷寂寥而莫我知也於是作八愚詩紀於溪石上

柳宗元愚溪詩序

余秋雨書

秋聲賦

秋聲賦

歐陽子方夜讀書聞有

聲自西南來者悚然而

聽之曰異哉初淅瀝以

蕭颯忽奔騰而砰湃

如波濤夜驚風雨驟
至其觸於物也錚錚金
鐵皆鳴又如赴敵之兵
銜枚疾走不聞號令
但聞人馬之行聲

予谓童子曰此何声也
汝出视之童子曰星月
皎洁明河在天四无人
声声在树间余曰噫嘻
悲哉此秋声也胡为乎

來哉蓋夫秋之為狀也
其色慘淡煙霏雲斂其
容清明天高日晶其氣
慄冽砭人肌骨其意蕭
條山川寂寥故其為

聲也淒淒切切呼號奮發
豐草綠縟而爭茂佳
木蔥蘢而可悅草拂
之而色變木遭之而葉脫
其所以摧敗零落者乃

一氣之餘烈夫秋刑官
也於時為陰又兵象也於
行為金是謂天地之義
氣常以肅殺而為心天
之於物春生秋實故其

在乐也商声主西方之音夷则为七月之律商伤也物既老而悲伤夷戮也物过盛而当杀嗟夫草木无情有

時飄零人為動物惟物
之靈百憂感其心萬事
勞其形有動於中必搖
其精而況思其力之所不及
憂其智之所不能宜其渥

然丹為槁木黝然
黑為星星奈何非金
石之質欲與草木而爭
榮念誰為之戕賊亦
何恨乎秋聲童子莫

對垂頭而睡但聞四
壁蟲聲唧唧如助余
之嘆息

歐陽修秋聲賦

余秋雨書

前後赤壁賦

赤壁賦

壬戌之秋七月既望
蘇子與客泛舟遊
於赤壁之下清
風徐來水波不

興舉酒屬客誦
明月之詩歌窈窕
之章少焉月出
於東山之上徘徊於斗
牛之間白露橫江水

光接天縱一葦之所如
凌萬頃之茫然浩浩乎
如馮虛御風而不知其
所止飄飄乎如遺世獨
立羽化而登僊於是

飲酒樂甚扣舷而歌
之歌曰桂棹兮蘭槳
擊空明兮泝流光渺
渺兮予懷望美人兮天
一方客有吹洞簫者

依歌而和之其聲嗚嗚
如怨如慕如泣如訴餘
音嫋嫋不絕如縷舞
幽壑之潛蛟泣孤舟
之嫠婦蘇子愀然正

襟危坐而問客曰何
為其然也客曰月明星
稀烏鵲南飛此非曹
孟德之詩乎西望夏
口東望武昌山川相

繆鬱乎蒼々此非孟
德困於周郎者乎方其
破荊州下江陵順
流而東也舳艫千
里旌旗蔽空釃酒

臨江橫槊賦詩固
一時之雄也而今安
在哉況吾與子漁樵
於江渚之上侶魚蝦
而友麋鹿駕一葉

之扁舟舉匏樽以相
屬寄蜉蝣於天地
渺滄海之一粟哀
吾生之須臾羨長
江之無窮挾飛仙

以遨遊抱明月而長終知不可乎驟得託遺響於悲風蘇子曰客亦知夫水與月乎逝者如斯而

未尝往也盈虚者
如彼而卒莫消长
也盖将自其变者
而观之则天地曾
不能以一瞬自其不

變者而觀之則物
與我皆無盡也而
又何羨乎且夫天
地之間物各有主苟
非吾之所有雖一

毫而莫取惟江上
之清風與山間之明
月耳得之而為聲
目遇之而成色取之
無禁用之不竭是

造物者之無盡藏
也而吾與子所共
適客喜而笑洗
盞更酌肴核既盡
杯盤狼藉相與枕

藉乎舟中不知東方
之既白

後赤壁賦

是歲十月之望步

自雪堂將歸於

臨皋二客從予

過黃泥之坂霜露

既降木葉盡脫人
影在地仰見明月
顧而樂之行歌相
答已而嘆曰有客
無酒有酒無肴月

白風清此良夜何
客曰今者薄暮舉
網得魚巨口細鱗狀
似松江之鱸顧安所
得酒乎歸而謀諸婦

婦曰我有斗酒藏之
久矣以待子不時之需
於是攜酒與魚復
遊於赤壁之下江流
有聲斷岸千尺

山高月小水落石出
曾日月之幾何而江
山不可復識矣予乃
攝衣而上履巉岩
披蒙茸踞虎豹登

虬龍攀棲鶻之危
巢俯馮夷之幽宮
蓋二客不能從焉
劃然長嘯草木震
動山鳴谷應風起

水涌予亦悄然而
悲肃然而恐凛乎其
不可留也反而登舟
放乎中流听其所止而
休焉时夜将半四顾

寂寥適有孤鶴橫
江東來翅如車輪玄
裳縞衣戛然長鳴
掠予舟而西也須臾
客去予亦就睡夢

一道士羽衣蹁躚過臨
皋之下揖予而言曰
赤壁之遊樂乎問其
姓名俯而不答嗚呼噫
嘻我知之矣疇昔之

夜飞鸣而过我者非子也耶道士顾笑予亦惊寤开户视之不见其处

右录东坡后赤壁赋

余秋雨书

唐詩選書

唐詩選書

李白 朝發白帝城

朝辭白帝彩雲間
千里江陵一日還
兩岸猿聲啼不住
輕舟

已过万重山

静夜思
床前明月光
疑是地上霜
举头望明月
低头思故乡

黄鹤楼送孟浩然之

之广陵

故人西辞黄鹤楼，烟花三月下扬州。孤帆远影碧空尽，唯见长江天际流。

杜甫登高

风急天高

猿嘯哀渚清沙白
鳥飛回無邊落木
蕭蕭下不盡長江滾滾
來萬里悲秋常作
客百年多病獨登臺

艱難苦恨繁霜鬢
潦倒新停濁酒杯
詠懷古跡羣山萬壑
赴荊門生長明妃尚有
村一去紫台連朔漠

独留青冢向黄昏画图
省识春风面环珮空
归夜月魂千载琵琶作
胡语分明怨恨曲中论

王维 鹿柴

空山不见人

但闻人语响返景入
深林复照青苔上
王之涣凉州词黄河
远上白云间一片孤城
万仞山羌笛何须怨杨

柳春风不度玉门关
刘禹锡石头城山围故
国周遭在潮打空城寂
寞回淮水东边旧时
月夜深还过女墙

高適別董大千里黃
雲白日曛北風吹雁雪
紛紛莫愁前路無知
己天下誰人不識君
韋應物滁州西澗獨憐

幽草涧边生上有黄鹂
深树鸣春潮带雨晚
来急野渡无人舟自横
王昌龄出塞秦时明月
汉时关万里长征人

未還
但使龍城飛將在，不教胡馬度陰山。

盧綸 塞下曲

月黑雁飛高，單于夜遁逃。欲將輕騎逐，大雪滿弓刀。

李白将进酒

君不见黄河之水天上来，奔流到海不复回。君不见高堂明镜悲白发，朝如青丝暮成雪。

人生得意須盡歡莫
使金樽空對月天生我
材必有用千金散盡
還復來烹羊宰牛
且為樂會須一飲三百杯

岑夫子丹丘生將進酒
杯莫停與君歌一曲請
君為我傾耳聽鐘鼓
饌玉不足貴但願長
醉不復醒古來聖賢

皆寂寞惟有饮者留
其名陈王昔时宴平乐
斗酒十千恣欢谑主人
何为言少钱径须沽
取对君酌五花马千金

裘呼兒將出換美酒
與爾同銷萬古愁
行路難金樽清酒
斗十千玉盤珍饈值
萬錢停杯投箸不能

食拔剑四顾心茫然
[欲]渡黄河冰川塞将登
太行雪满山闲来垂钓
碧溪上忽复乘舟梦日
边行路难行路难多歧

路今安在长风破浪会有
时直挂云帆济沧海

宋詞選書

宋詞選書

蘇東坡念奴嬌赤壁懷古

大江東去浪淘盡千

古風流人物故壘西

邊人道是三國周郎

赤壁乱石穿空惊涛
拍岸卷起千堆雪
江山如画一时多少
豪杰遥想公瑾当年
小乔初嫁了雄姿英

發羽扇綸巾談笑間

檣櫓灰飛煙滅故

國神遊多情應笑

我早生華髮人生如

夢一樽還酹江月

苏东坡水调歌头丙辰中秋
明月几时有把酒问青
天不知天上宫阙今夕
是何年我欲乘风
归去又恐琼楼玉

宇高處不勝寒起舞
弄清影何似在人間
轉朱閣低綺戶照無
眠不應有恨何事長
向別時圓人有悲歡

離合月有陰晴圓缺

此事古難全但願人

長久千里共嬋娟

李清照聲聲慢

尋尋覓覓冷冷清清淒

淒慘慘戚戚乍暖還寒
時候最難將息三杯
兩盞淡酒怎敵他晚
來風急雁過也正傷
心卻是舊時相識

滿地黃花堆積憔悴
損如今有誰堪摘守
著窗兒獨自怎生得黑
梧桐更兼細雨到黃昏
點點滴滴這次第怎

一個愁字了得

辛棄疾永遇樂京口
北固亭懷古

千古江山英雄無覓孫
仲謀處舞榭歌台

風流總被雨打風吹
去斜陽草樹尋常
巷陌人道寄奴曾住
想當年金戈鐵馬氣
吞萬里如虎元嘉草

草封狼居胥赢得仓皇北顾四十三年望中犹记烽火扬州路可堪回首佛狸祠下一片神鸦社鼓凭谁问廉

颇老矣尚能饭否

此词余曾应邀书写一本现已立碑
镌刻于当年诗人怀古吟咏之处

陆游卜算子咏梅

驿外断桥边寂寞

開無主已是黄昏獨
自愁更著風和雨
無意苦爭春一任羣
芳妒零落成泥碾
作塵只有香如故

余按唐诗宋词中之一流杰作与以通达之
语直契人心浅要且务无别识之者总能
在第一时间之内震撼却又穿越其语此间
情形恰似蓦过江山胜迹或神醒天乐只会
明刹着迷而不能多问究竟此可谓艺术审美
之头等体验也

新曲书讫借余墨附识于辛丑秋生辰之夜